당신은 가고
나는 여기

당신은 가고 나는 여기

죽음과 애도에 관한
나와 당신의 이야기

윤영선 외 지음

어른의시간

언젠가 바람처럼
사라진다 해도

'죽음과 애도'라는 주제로 40여 명이 시작한 모임에서 결국 33편의 이야기가 책으로 나오기까지 길다면 긴 시간이 흘렀다. 누구에게나 마음속에 담아 두었던 이야기를 끄집어내는 일은 쉽지 않을 것이다.

모든 글을 읽으며 나는 삶에 대한 해답을 찾았다. 열쇠는 '현재'였다. 죽음이라는 글의 주제는 '현재'에 닿아 있었다. 아픈 기억에 대해 말하고 있지만 모두 각자의 목소리로 지금, 어떻게 살 것인가 묻고 있었다. 결국 죽음이란 주제가 '현재의 삶'을 불러온 것이다. 나 역시 글을 읽으며 슬픔이 아닌 '생기'를 느꼈고, 더 절실히 살고 싶어졌다.

뮤지션 허영택은 20년 전 안타깝게 세상을 저버린 선배에게 가슴에 묻어 두었던 마지막 인사를 건넨다. 내과 의사 김주원은 안락사 문제에 대해 이야기하며 환자와 보호자, 의료인의 세 입장을 전하고 있다. 그녀는 안락사가 거론되는 상황에서 "보호자의 죄책감을 덜어 주는 것 외에 죽음을 맞이하는 환자에게도 바람직한 일일지 생각해 보아야 할 것이다"라며 의사로서의 고민을 털어놓는다.

　삶과 죽음에 대해 알려 준 100세의 스승님과 85세 어머니의 이야기를 쓴 최병일은 잘 사는 것과 아름다운 마무리에 대해 생각하게 한다. 이인자가 소개하는 헬런 니어링의 『아름다운 삶, 사랑 그리고 마무리』도 삶에 대해 고민하게 하는 책이다. 스콧 니어링이 죽었을 때 이웃들이 "스콧 니어링이 100년 동안 살아서 이 세상이 더 좋은 곳이 되었다"라는 깃발을 들고 있었다며 이인자는 '다른 이에게 울림이 되는 삶'에 대해 이야기한다.

　건축가 이원형은 돌연 세상을 떠난 구본준 기자를 애도하며 "구본준 기자는 내게 글을 쓸 때는 엄한 선생이 되었고, 건축을 할 때는 친절한 선배가 되었다"며 그에게 '천국의 집에서 만나자'고 말한다.

　그림책 로드맵을 그리는 초등학교 교사 임경희는 죽음에 관한 그림책을 소개한다. 그녀는 아이들에게 죽음을 이야기하는 시간이 참 어렵다고 말한다. 하지만 그림책은 아이들이 죽음을 친구처럼 여길 수 있게 하고, 남은 사람들에겐 추억을 떠올려 보는 처방전이 된다고 한다.

김지아는 영화 〈스틸라이프〉의 특별한 장례 이야기를 소개하며 우베르토 파솔리니 감독의 인터뷰 "한 사회의 품격은 추모하는 방식에서 드러난다"는 글을 인용했고, 영화 〈한공주〉와 〈시〉를 소개한 한창욱은 안타까운 죽음이 있기 전에 죽음에 응답해야 한다고 외친다.

장인선은 법정 스님의 『아름다운 마무리』 중 "삶은 과거나 미래에 있지 않고 바로 지금 이 자리에서 이렇게 살고 있음을 잊지 말아야 한다. 삶의 비참함은 죽는다는 사실보다도 살아 있는 동안 우리 내부에서 무언가 죽어 간다는 사실에 있다"라는 말을 인용하고는 이렇게 바꾸고 싶다고 말한다. "삶의 비참함은 죽는다는 사실보다도 살아 있는 동안 지금 곁에 있는 소중한 사람과 더 많이 사랑하지 않았다는 사실에 있다"라고 말이다.

여러 글 중 가장 인상적인 글귀는 양종우의 "우리는 모두 언젠가 바람처럼 사라질 것이다"라는 글이었다. 어쩌면 이 책의 주제를 담은 한 문장이 아닐까. 우리 모두 언젠가 바람처럼 사라질 것이다. 이 사실을 깨닫는다면 생이 보다 자유로워지지 않을까? 오늘부터라도 삶의 기쁨을 더 느끼며 살아 보자. 어제와 다른 삶이 펼쳐질 것이다. 이 책을 읽은 독자 모두 자기 안의 슬픔이나 고통과 마주하고 '더 잘사는 법'을 찾게 된다면 바랄 게 없겠다. 서른세 명 공저자 모두 그러기를 한마음으로 소원한다.

2015년 5월

김민영

차례

3장 | 삶과 죽음에 대하여

4장 | 문화와 예술 속 마지막 순간

※ 하얀색 국화의 의미는 '성실, 진실, 감사'입니다.

1장

가족의
마지막 순간

아버지의 부모 역할을
하지 못한 후회

윤영선

　김승희의 시 「한국식 죽음」은 신문 부고란을 그대로 옮기고 "그런데 누가 죽었다고?"라는 문장을 덧붙였다. 이 시는 우리 사회의 일그러진 장례 문화를 풍자하고 있다. 고인에 대한 참된 애도보다는 자식들의 사회적 권세를 과시하려는 문화에 대한 풍자인 것이다.

　우리는 돌아가신 부모님을 애도하는 것보다 더 중요한 일들을 종종 놓치고 만다. 그것은 바로 부모가 세상을 떠나시기 전 인생의 마지막 시간들에 관한 것이다. 자식들에겐 부모가 삶을 편안하고 의미 있게 마감할 수 있도록 도와야 하는 의무가 있다. 하지만 지난 해 아버지를 떠나보내며 나는 가슴에 후회를 안게 되었다.

"아버지를 저렇게 놔둬서는 안 된다."

어머니는 장남인 나에게 연신 전화를 하셨다. 그때 아버지는 대구의 한 대학 병원 중환자실에서 인공호흡기에 의존하며 누워 계셨다. 아무런 의식도 없이 숨만 쉬고 계시는 아버지와는 눈조차 맞출 수 없는 상황이었다. 무엇이 아버지를 위한 최선의 길일까. 우리 가족들의 고민은 점점 깊어만 갔다. 나 역시 서울과 대구를 오가며 고민에 빠졌다.

대학 병원에 입원하기 전 아버지는 고향 병원에서 폐결핵 진단을 받아 입원 중이셨다. 초기에는 약을 먹으며 순조로운 차도를 보이셨지만 어느 날 갑자기 담당 의사가 폐결핵이 악화되었고 폐렴 증세마저 겹쳤다며 큰 병원으로 가 보라고 했다. 의사는 환자의 나머지 장기 상태가 양호하니 큰 병원에 가면 희망이 있을 것이라는 말도 덧붙였다. 그때 아버지가 "왜 나를 다른 곳으로 데려가느냐?"며 화를 내셨다는 이야기는 훗날 막내동생에게 들었다. 결국 이 말이 아버지가 고향 땅에서 남긴 마지막 말이 되고 말았다.

아버지가 대학 병원에 입원한 다음 날 동생으로부터 전화가 걸려 왔다. 의사가 환자의 증세가 위독하니 호흡을 돕기 위해 기도에 관을 삽입(기도삽관)하는 게 좋겠다고 했다는 것이다. 누가 의사의 권유를 거절하겠는가.

나는 바로 다음 날 대구로 내려갔다. 아버지는 중환자실에서 인공호흡기를 달고 거친 숨을 쉬고 계셨다. 나는 주무시고 계시는 아버지의 야윈 팔다리만 만져 보고 나올 수밖에 없었다. 인공호흡기를 단 이상 마음대로 뗄 수도 없게 되었다. 의사는 기도삽관은 2주일 정도만 가능하므로 다음은 폐 절개를 통해 인공호흡기를 달아야 한다고 했다.

2주일 뒤 우리는 결단을 내려야만 했다. 그대로라면 아버지는 식물인간 상태의 삶을 무한정 이어 가게 되실 상황이었다. 고민과 상의 끝에 우리 형제들은 아버지를 고향 병원으로 모셔 가기로 결정했다. 생명을 무의미하게 연장하는 것이 아버지에게 오히려 죄를 짓는다고 생각했기 때문이다. 병원에서는 이동 중에 돌아가실 수도 있다고 했다. 우리는 제발 그런 일만은 일어나지 않기를 기도했다.

구급차에는 캐나다에서 급히 온 누나와 내가 탔다. 아버지는 구급요원이 쉬지 않고 손으로 눌러 주는 수동인공호흡기에 의존하며 호흡을 하셨다. 비상 신호를 울리며 전속력으로 달리는 구급차 안에서 우리는 1시간여 동안 마음을 졸이며 아버지와 계기판을 번갈아 지켜보았다. 아버지는 우리를 안심시키려는 듯 고향 병원에 도착할 때까지 잘 견뎌 주셨다. 그리고 병원에

도착하고 나서 3시간 정도 지나 숨을 거두셨다. 의식은 없었지만 자식들이 지켜보는 가운데 조용히 마지막 호흡을 멈추셨다.

평소 성품으로 보아 아버지는 자신의 생명을 무의미하게 연장하는 것을 원하지 않으셨을 것이다. 어머니나 우리도 알고 있었다. 그럼에도 불구하고 우리는 2주일 가까이 돌이킬 수 없는 불효를 하고 말았다. 세상을 떠나시는 마지막 순간에 눈으로라도 가족들과 작별 인사를 나눌 수 있는 기회를 드리지 못한 것이 두고두고 후회로 남는다.

2014년 11월 12일 저녁 7시경 아버지는 가족들과 영원히 이별했다. 88세에 돌아가셔서 평균 이상의 수명을 누렸으니 자식으로서 큰 아쉬움이 남는 건 아니다. 장례도 많은 분들이 조문 오셔서 무사히 치렀다. 그런데 아버지의 빈자리가 시간이 지날수록 자꾸만 크게 느껴지는 것은 왜일까. 가슴 한구석에 구멍이 뻥 뚫린 것 같기도 하고, 내 삶의 뿌리가 통째로 뽑혀 나간 느낌이 들 때도 있었다. 불쑥 '아버지란 존재는 과연 무엇인가?' 하는 의문이 들기도 했다.

어느 책에선가 '부모는 자식의 무의식 속에서 존재하고, 자식은 부모의 몸속에서 존재한다'는 글을 본 적이 있다. 그렇다면 아버지 속에 이제 나는 존재하지 않는다. 아버지는 영원히 나를 떠나신 것이다. 고별사에서 나는 '아버지는 이제 우주의 에

너지로 돌아가셨다'고 표현했다. 하지만 나에게 아버지는 계속 존재하고 있다. 내가 삶을 유지하고 있는 한 아버지는 결코 나로부터 떠날 수 없는 존재이다.

요즘은 자주 아버지가 무의식의 표면을 뚫고 명징하게 다가오는 느낌이 들 때가 있다. 그것은 단순히 아버지가 보고 싶고 그립다는 것을 넘어 아버지에 대한 후회라는 표현이 정확할 것이다. 말년의 아버지를 제대로 모시지 못한 아쉬움, 그것은 단순히 아버지를 가까이서 물리적으로 편하게 모시지 못했다는 의미가 아니다. 아버지의 마음을 제대로 헤아려 드리지 못했다는 일종의 죄책감 같은 것이다.

아버지의 조그만 비석에 우리는 '푸르른 오월 아버지가 그립습니다'라는 글귀를 새겨 넣었다. 아버지는 교사에서 시작해서 교장까지 평생 초등학생을 가르치는 일에 헌신했다. 내가 다니던 초등학교에 교감 선생님으로 계신 적도 있었다. 4학년 때인가 담임 선생님 심부름으로 교무실에 가서 아버지를 "교감 선생님!" 하고 불러 선생님들의 놀림감이 된 기억도 있다. 어릴 때 책을 좋아하는 아버지가 사 온 백과사전이나 전집을 눈길 가는 대로 꺼내 읽곤 했는데 그 덕분에 지금도 책을 좋아한다. 내가 마흔이 넘어 박사 학위를 받았을 때 환하게 웃으시는 모습의 사진은 이젠 영정 사진으로 남게 되었다.

내가 마흔이 넘어 박사 학위를 받았을 때
환하게 웃으시는 모습의 사진은
이젠 영정 사진으로 남게 되었다.

푸르른 오월
아버지가
그립습니다

아버지는 비석에 새긴 글귀 그대로 정신적으로나 육체적으로 푸른 오월처럼 건강한 분이셨다. 항상 이성적이며 긍정적이셨고, 자기관리도 철저하셨다. 자식들 누구도 아버지로부터 무언가 강요를 받거나 매를 맞아 본 기억도 없다. 우리들이 모두 결혼한 이후에는 각자 딸린 가족을 잘 지키고 행복하게 살라며 그 어떤 부담도 주지 않으셨다.

하지만 세월의 흐름은 어쩔 수 없는지 그런 아버지도 말년에는 몸이 쇠약해지며 정신력이 많이 무너지셨다. 몸은 몰라볼 정도로 말라 갔고, 돌아가시기 2~3년 전부터는 우울증 증세까지 보이셨다. 부쩍 말수가 적어지고, 얼굴에서 웃음기와 표정도 사라졌다. 낮에도 주무시는 시간이 늘어 갔다. 아버지는 스스로 치매에 걸렸다고 하셨는데 병원에서는 뇌 기능이 저하되기는 해도 치매는 아니라고 진단했다. 기억력이 많이 떨어졌지만, 가족을 못 알아보거나 중요한 일들을 제대로 처리하지 못할 정도는 아니었다.

한번은 아버지가 서울 우리 집에 오신 적이 있었다. 결국 그게 마지막 서울 나들이였다. 그때 나는 아버지와 산책을 하며 이야기를 나눌 기회가 있었다. 아버지는 "너희들 모두 내가 잘못했다고 하는데" 하며 울먹이셨다. 몇 해 전 어머니와 집안일로 갈등을 빚었던 적이 있었는데, 그때 자식들 모두 어머니 편을 든 것을 두고 하는 말이었다. 우리들은 옳고 그름을 떠나 강한 아버지가 잔병치레가 많고 허리 수술도 하신 병약한 어머니에게 양보해야 한다고 여겼다. 그즈음부터 아버지의 우울증이 부쩍 심해지신 것만은 분명했다. 우리들은 그저 밀어붙이기만 했지 아버지의 정신력이 예전처럼 강하지 않음을 눈치채지 못했다. 문제 해결에만 집착한 자식들의 말과 행동이 아버지의 마음을 더욱 우울하게 만들고 만 것이다.

톨스토이의 소설 『이반 일리치의 죽음』은 출세가도를 달리다가 갑작스런 죽음을 맞이한 한 판사의 심경 변화를 잘 묘사하고 있다. 주인공은 자신의 죽음을 받아들이지 못하고 병상에 누워 가족과 친구들을 원망한다. 그러나 그는 마지막 순간에 모두 내려놓고 화해와 용서를 구하며 편안하게 눈을 감는다. 이 소설을 읽으면서 나는 산 사람보다 죽어 가는 사람이 결국에는 더 큰 포용의 마음을 갖게 된다는 것을 느꼈다. 아버지 역시 그러했으리라.

우리의 메마르고 때론 거친 말들이 아버지에게 많은 상처를 주었다는 생각을 떨칠 수 없다. 아버지는 그때 느꼈던 아픔들을 가슴으로 녹이며 우리들 곁을 떠나신 것이다. 왜 그때 아버지의 심정을 이해하는 따뜻한 말 한마디 건네지 못했을까. 아버지의 손을 잡고 약해진 마음을 포근히 감싸 주지 못했던 것이

못내 아쉽다. 이제 와서 이런 생각을 하는 나 자신이 그저 원망스럽기만 하다.

"때때로 청소년기의 특징이 부모에 대한 반항이고, 성년기의 특징이 부모로부터의 독립이라면, 성숙기의 특징이 부모에게 부모가 되는 것이다."

철학자 로버트 노직의 글이 가슴에 못처럼 박힌다. 부모는 늙으며 누군가의 따뜻한 보살핌을 받아야 하는 존재가 되어 간다. 그때 성숙한 자식들은 기꺼이 부모의 부모 역할을 맡으려 할 것이다. 어린 자식을 돌보듯 따뜻하게 내 부모를 보듬으며 위로하는 부모의 역할을 말이다. 슬프게도 나는 아버지가 세상을 떠나신 이후에야 약간 성숙해진 기분이 든다.

엄마의 얼굴을
해야겠다

고민실

할머니의 장례 날을 떠올려도 나에게는 아픔이 없다. 오래 우린 녹차처럼 쓰고, 떨떠름할 따름이다. 눈물을 흘린 건 삶의 소멸을 지켜본 안타까움 때문이지 할머니가 그립다거나 애틋해서는 아니었다. 같은 핏줄이라 하여 마음까지 가까워지는 건 아니다.

하지만 그날을 떠올리면 나는 가슴이 아리다. 할머니 때문이 아니라 엄마 때문이다. 누구나 엄마를 떠올리면 가슴이 먹먹해지겠지만, 할머니의 장례식장에서 상주인 아버지보다 엄마의 모습이 내 머릿속에 더 선명하게 각인된 데에는 이유가 있다.

1년 전, 지방에서 살던 할머니가 부쩍 건강이 나빠지면서 큰

아버지 집으로 거처를 옮겼다. 큰아버지 집은 경기도였는데, 교통편이 좋지 않아 서울 우리 집에서 가는데도 두 시간이 넘게 걸렸다. 오랜만에 만난 할머니는 비쩍 말랐고, 걷지 못했다. 아흔이 넘었으니 건강이 더 좋아지기를 기대하기는 어려웠다. 안쓰럽기는 했지만 딱히 슬프지는 않았다.

사실 나에게는 할머니에 대한 추억이 많지 않다. 어릴 적에는 할머니, 고모, 큰아버지, 아버지, 작은아버지 모두 한집에서 몇 년 동안 같이 살았다고 하는데 참 이상하게도 나에게는 그때 기억이 조금도 남아 있지 않다. 가끔 엄마는 그 시절이 무척 힘들었다고 회상하곤 했다.

엄마는 어릴 때 외할아버지가 돌아가시고 외할머니가 재가하는 바람에 고아나 다름없이 자랐다. 증조외할머니는 외삼촌만 싸고돌았고, 엄마는 구박을 받으며 어린 시절을 보냈다고 했다. 그러다 갓 스무 살에 아버지와 결혼했는데, 사랑받는 느낌이 그렇게 좋았다고 했다. 그래서 시어머니를 친어머니처럼 모시고 싶었다고도 했다. 하지만 패물 하나 없이 시집온 엄마가 시집에서 좋은 대접을 받았을 리가 없다. 생일에 미역국 한 그릇 얻어먹기는커녕 다른 이들 밥상만 일곱 번을 차렸다고, 배운 것 없고 가진 것 없어 그랬나 보다고, 아버지의 가족이지 당신의 가족은 아니었다고 엄마는 늘 서운함이 담긴 하소연을 했다.

엄마의 이야기와 빛바랜 몇 장의 사진이 내게는 할머니에 대한 추억의 전부였다. 할머니는 만날 때마다 용돈을 내 손에 쥐여 주기도 했지만, 몇 년에 한 번씩 보는 정도로 마음의 거리가 좁혀질 리 없었다.

할머니가 큰아버지 집에 오고서부터 엄마는 틈날 때마다 큰아버지 집을 찾아갔다. 한겨울에 두 시간이 넘는 거리를 버스를 갈아타고 택시를 타는 수고를 감수하면서 말이다. 밥을 통 못 드신다 하셔서 할머니가 좋아하는 소불고기며 잡채를 손수 해서 가져갔으며, 몸을 씻겨 주고 오기도 했다. 그때 엄마는 항암 치료를 막 끝냈을 때였다.

엄마는 할머니가 올라오기 1년여 전에 유방암 판정을 받았다. 한쪽 가슴을 전절제하는 수술을 받은 뒤 6개월간 항암제를 여덟 번이나 맞았다. 항암 치료를 받으면서 머리카락은 모두 빠졌고, 부작용으로 다리도 시원찮았다. 할머니를 보러 다니던 당시에도 엄마는 여전히 약을 복용하는 중이었고, 항암 치료로 빠졌던 머리카락은 채 다 자라지도 않았다. 나로서는 그런 상태의 엄마가 할머니를 위해 하는 일들이 도무지 이해되지 않았다. 그런 게 바로 미운 정인가 싶었다. 아마 할머니의 장례식장에서 엄마의 얼굴을 보지 않았더라면 계속 그렇게 생각했을 것이다.

겨울이 지나고, 다음 해 여름 나는 KTX를 타고 지방으로 내려갔다. 남동생이 큰 병원에서 시술을 받았기 때문이었다.

원래 우리 가족은 서울에서 함께 살았는데 몇 년 전 남동생이 지방에 직장을 얻으며 따로 살게 되었다. 제법 안정적인 직장이었기에 엄마는 한시름 놓았다고 안도하고 있었다. 그런데 불행은 예상치 못하게 찾아왔다. 남동생이 큰 사기를 당한 것이다. 처음에는 집의 여윳돈을 끌어와 겨우 막았지만 두 번째는 꽤 타격이 컸다. 그러다 남동생이 겨우 빚을 갚기 시작했을 때는 엄마가 암에 걸렸다. 하지만 항암 치료는 별 탈 없이 끝났다. 그런 일이 있었어도 우리는 평범하다고 말할 수 있었다. 어느 가정이나 우여곡절 하나쯤은 있는 법이었기에.

그러나 남동생이 시술을 받은 뒤 평범함은 사라졌다. 지방 병원의 의사는 심장 기능 장애를 언급했다. 당장 죽지는 않지만, 언제 죽을지 모를 병이라고 했다. 다음 날 해가 뜨기 전 어둠이 가득한 여관방에서 엄마는 몸을 떨며 울고 있었다. 남동생이 퇴원하기 하루 전 서울로 올라온 나 역시 홀로 울었다. 죽음 탓이 아니었다. 죽음은 사고에 지나지 않았다. 그보다 끔찍한 건 사랑하는 사람과의 이별이었다. 아버지도 없고, 엄마도 없고, 형제도 없이 홀로 남을 내가 고독하여 눈물이 났다.

남동생이 퇴원하고 한 달여 뒤, 아버지는 엄마와 함께 트럭에 짐을 싣고 지방으로 내려갔다가 혼자 돌아왔다. 남동생을 혼자 두는 게 안쓰러워 엄마가 곁에 남기로 한 것이다. 그렇게 엄마는 남동생과, 나는 아버지와 살게 되었다. 남동생이 사는 곳은 편도로 무려 6시간이 걸리는 곳이었다. 우리 가족은 이산가족처럼 둘로 갈라졌다.

그로부터 3개월이 지난 가을, 부쩍 쌀쌀해진 날 밤에 아버지는 큰아버지 집으로 떠났다. 그리고 몇 시간 뒤 할머니의 부음 연락을 받았다. 나는 엄마에게 전화를 걸어 장례식에 입고 갈 옷과 준비할 것들을 물어보고는 다음 날 아침 병원으로 갔다. 할머니의 영정을 보아도 눈물이 나지 않았다. 빈소에서 곡을 하는 사람도 없었다. 아버지는 상주 역할을 하기 바빴고, 손자들은 부지런히 문상객의 신발을 정리했다. 한낮이 되기 전에 벌써 지루해졌다. 엄마가 도착한 건 그때였다. 나는 3개월 만에 만난 엄마를 바로 알아보지 못했다.

엄마는 일그러진 얼굴로 눈에 눈물을 가득 담은 채 어기적거리며 다가왔다. 그날 여관방에서 짙은 어둠 탓에 보지 못한 얼굴이 저랬을까. 울먹거리는 얼굴로 빈소 앞에 주저앉는 엄마를 보고, 상복을 입은 고모도 눈물을 흘렸다.

그건 고작 미운 정 때문만이 아니었다. 엄마에게 할머니는 여전히 친어머니처럼 모시고 싶은 분이었다. 깨물어 아프지 않은 손가락이었을지언정 엄마의 마음은 변하지 않았다. 엄마는 단

할머니가 큰아버지 집에 오고 한 달여쯤 지났을 때였다.
눈이 내린 다음 날, 엄마는 제법 길게 자랐지만
아직 힘이 없는 머리카락 위로 모자를 눌러 쓰고
여느 때처럼 큰아버지 집으로 갔다고 했다.

한 번도 사랑한다는 말을 입에 담지 않았지만, 그것 말고는 엄마의 얼굴을 달리 설명할 방법이 없었다. 나에게는 도무지 느껴지지 않았던 슬픔이 엄마의 얼굴에 가득 고였던 것은, 이별의 고통 때문이었다. 애도의 자격이란 그만한 고통을 느끼는 자에게만 주어지는 게 아닐까.

엄마는 곧 감정을 추스르고 문상객을 맞으며 며느리로서 의무를 다했다. 발인이 끝나고, 엄마는 49일을 더 머물렀다. 49재가 끝나고, 엄마는 다시 남동생이 있는 지방으로 내려갔다. 그 뒤로 할머니의 장례식을 떠올릴 때마다 엄마의 얼굴이 떠올라 애달파진다.

언젠가 엄마가 이런 이야기를 들려주었다. 할머니가 큰아버지 집에 오고 한 달여쯤 지났을 때였다. 눈이 내린 다음 날, 엄마는 제법 길게 자랐지만 아직 힘이 없는 머리카락 위로 모자를 눌러 쓰고 여느 때처럼 큰아버지 집으로 갔다고 했다. 어쩌다 보니 엄마와 할머니 둘만 남았을 때 고요함을 깨고 문득 할머니가 엄마를 불렀다고 했다.

"어멈아, 너는 할 만큼 했다."

할머니는 엄마의 손을 꼭 쥐었고 엄마는 소리 죽여 울었다고 했다. 그 이야기를 하는 엄마의 목소리에서 할머니에 대한 서운함은 찾을 수 없었다.

할머니의 장례식에서 손녀인 나는 예를 차린 게 고작이었지만 피 한 방울 섞이지 않은 엄마는 진심으로 애도했다. 할머니는 엄마의 가족이었고 엄마는 나의 가족이었다. 그래서 엄마는 할머니의 죽음 때문에 슬퍼했고, 나는 엄마가 아파하는 얼굴 때문에 슬펐다.

나에게도 언젠가 남동생과 이별하게 되는 마지막 날이 올 것이다. 먼 훗날 또는 가까운 어느 날, 죽음은 기어이 찾아오기 마련이다. 그날 나는 무엇을 할 수 있을까. 몇 년 동안 모은 돈을 하루아침에 날려 버린 남동생이 원망스럽기도 했지만 그날이 오면 나는 눈물을 흘릴 것이다. '할 만큼 했는가' 그 말을 곱씹으며 가슴을 칠 것이다. 엄마가 할머니에게 그랬듯이 애도의 자격을 갖출 것이다. 가족이기 때문에 사랑하는 게 아니라 사랑하기 때문에 가족이라면, 우리는 여전히 평범한 가족이다. 사랑하는 이와 이별을 해야 하는 그날이 오면 나도 엄마의 얼굴을 해야겠다. 할 만큼 해야겠다. 사랑해야겠다.

내가 선택한
죽는 나이 96세

윤석윤

지난 십 수 년 동안 아버지와 어머니, 그리고 작은형을 먼저 떠나보냈다. 한국인의 평균 수명이 80세 정도인데 아버지가 83세, 어머니가 86세에 돌아가셨으니 수복壽福은 누렸다고 할 수 있다. 그런데 3남 2녀 중 셋째인 작은형이 60세에 암으로 세상을 떠났다. 형제 중 가장 먼저 세상을 떠났고 암과 같은 큰 병으로 죽은 첫 사례였다.

'임종을 지킨 자식이 효자'라는 말도 있듯이 부모가 임종할 때 곁을 지키는 것은 자식 된 도리이다. 그런 면에서 나는 아버지와 어머니, 작은형의 임종의 순간 곁에 있었으니 운이 좋은 편이다.

아버지가 병원에 입원해 있을 때 옆 침대에 있던 분은 홀로 쓸쓸히 눈을 감으셨다. 그분의 임종을 지키러 온 가족이 열 명이 넘었는데도 말이다. 점심을 먹고 모두 커피를 마신다고 잠시 자리를 비웠을 때, 그분은 세상을 떠났다. 이렇게 황당한 경우도 있다.

아버지가 병원을 찾은 건 현기증으로 넘어져 머리를 다쳐서였다. 놀라서 급히 병원으로 옮겼는데 다행히 뇌출혈은 아니고 가벼운 상처만 입었다. 상처를 봉합하고 퇴원을 했어야 했는데 기왕 입원했으니 건강 검진을 받자고 한 것이 화근이었다. 80이 넘은 노인이니 몸 상태가 정상일 리 없었다. 기계와 기기도 사용 연한이라는 게 있지 않은가. 수십 년을 사용했으니 몸의 여러 곳이 삐걱거리는 것은 당연한 일이다. 역시나 검사 결과도 좋지 않게 나왔다.

당시 담당의는 심근 경색 증세가 있으니 큰 병원으로 모셔서 3시간 이내에 심장 수술을 해야 한다고 했다.

나는 걱정이 되어 의사에게 물었다.

"수술을 하면 아버님이 체력적으로 버틸 수 있을까요? 노인에게 그런 대수술이 수술이 필요하다고 생각하십니까? 선생님의 부친이라면 어떻게 하시겠습니까?"

"……."

의사는 질문에 대답을 하지 못했다.

결국 아버지는 두 달 동안 병원 신세를 지게 되었다. 그런데 입원 기간이 길어지면서 문제가 생겨났다. 다리 근육을 쓰지 않아 제대로 걷지 못하게 된 것이다. 병원에서 오히려 병이 생긴 셈이다. 게다가 의식은 또렷한데 몸 상태는 점점 나빠졌다. 식사도 제대로 못하셔서 유동식으로 대체했다. 아버지는 매일 곁에서 죽어 나가는 사람들을 보면서 오히려 스트레스를 받았다.

"나, 퇴원시켜 다오. 죽어도 집에 가서 죽겠다."

아버지가 우겨서 결국 퇴원을 하게 되었다. 그런데 집에 돌아오니 오히려 상태가 좋아지고 체력도 회복되었다.

아버지가 기운을 차리자 우리는 부모님의 회혼례 잔치를 열었다. 향교에서 전통 방식으로 했는데 아버지는 사모관대를 썼고 어머니는 족두리를 썼다. 부부로 만나 60년을 해로했으니 큰 복이다. 그날 부모님은 "오늘이 인생의 가장 행복한 날"이라고 말하며 기뻐했다.

그게 생의 마지막 불꽃이었을까. 회혼례 3개월 뒤, 아버지의 기력이 급격히 떨어졌다. 어쩔 수 없이 병원으로 다시 모셨다. 아버지는 의식이 있을 때 마지막으로 말씀하셨다.

"됐다. 이 정도 살았으면 잘 살았다. 견디기 힘들다. 이제 가야겠다. 형제들끼리 우애있게 살아라."

그 말을 유언으로 남기고 얼마 지나지 않아 의식을 잃으셨다. 임종을 지키기 위해 자식들이 돌아가면서 곁을 지켰는데 내가 아버지 곁에 있을 때 '삐' 소리와 함께 심전도계의 파형이 사라지고 아버지는 눈을 감으셨다. 나는 아버지의 손을 잡고 인사를 드렸다.

"아버지, 잘 가세요. 좋은 곳에 가서 편히 쉬세요."

아버지가 그렇게 빨리 세상을 떠나리라고는 아무도 예상하지 못했다. 평소 건강하셨고, 매일 아침 가까운 산으로 산책을 가거나 등산을 하던 분이어서 90세까지는 살 거라고 생각했다. 하지만 밤새 안녕이라는 말이 있지 않은가.

아버지는 퇴직 후 노년을 학생처럼 공부하면서 보내셨다. 늘 책을 보고 외국어도 영어와 일어, 중국어, 러시아어, 심지어는 태국어까지 공부하셨다. 눈에 백내장이 생겨서 수술을 하기도 했지만 늘 곁에 책을 두고 사셨다. 그런 아버지에게 어머니는 눈도 안 좋은데 책만 본다고 바가지를 긁었지만 소용이 없었다. 우리 형제들이 책을 좋아하는 것도 아버지를 닮아서이다.

그에 반해 어머니는 늘 '여기가 아프다, 저기가 아프다'는 말을 입에 달고 살았다. '골골하며 30년'이라는 말처럼 어머니는 아프다고 말하면서도 잘 견뎌 내셨다. 어머니는 내가 배의 엔지니어로 승선하고 있을 때 뇌경색으로 쓰러진 적이 있었는데 환갑 전의 비교적 젊은 나이인데다가 즉시 병원으로 옮겨 치료해서 회복이 빨랐다. 하지만 그후 혈압약을 비롯한 여러 약들을 죽는 날까지 복용해야만 했다. 그런데 아버지가 돌아가시자 어머니의 건강이 눈에 띄게 악화됐다. 부부가 함께 살다가 한쪽이 먼저 세상을 떠나면 남은 분에게 종종 생기는 현상이다. 어머니를 시골에 혼자 둘 수 없어 안산의 여동생 집으로 모셨다. 당시 매제는 사업에 실패해 학교 앞에서 작은 식당을 운영하고 있었는데 형편이 어렵다 보니 전세금은 형제들이 해결해 주었다. 어머니는 그렇게 몇 년간 막내딸 집에서 사셨다. 그러다 어머니의 건강 상태가 점점 나빠져 누군가 옆에서 24시간 수발을 해야 하자 노인 요양원으로 모셨다.

2년여 동안 요양원에 있으면서 어머니는 상태가 나빠지면 병원 입퇴원을 반복했다. 몸에서 수분이 빠지지 않아 인공신장기로 피를 거르기도 여러 차례 했다. 호흡에도 문제가 생겨 기계식 산소호흡기를 달게 되었는데 의식은 없어도 무척 힘드셨던 모양인지 무의식적으로 플라스틱 호스를 깨물어 생니 하나가 빠지기도 했다.

중환자실의 면회는 아침, 점심, 저녁 하루에 세 번만 가능했다. 하루는 딸아이와 함께 점심 면회 시간에 맞춰 병원에 갔는데 여전히 어머니는 의식이 없었다. 습관적으로 심전도계를 바라보는데 아버지 때처럼 '삐' 소리와 함께 파형이 사라졌다. 86세의 어머니는 막내아들이 곁에 있는 순간 세상을 떠나신 것이다.

그로부터 몇 년 뒤 나는 병원으로 오라는 작은형의 전화를 받았다. 수술 보증인이 필요해서였다. 아들 놔두고 동생에게 수술 보증인을 하라는 게 어디 있냐고 볼멘소리를 했지만 가족들에게 전화를 하지 못하는 형의 마음은 누구보다도 이해할 수 있었다.

1982년 나는 참치잡이 어선의 엔지니어로 일하면서 3년 동안 꼬박 모은 돈을 모두 형의 사업 자금으로 주었다. 2년 뒤 귀국 예정이었던 나는 형에게 '돌아가면 형이 나를 책임지라'고 했는데 형은 그때 내 학비와 생활비까지 대주었다. 내가 30대 초반 공부를 시작했을 때 형은 "늘 꿈을 가지고 사는 네가 부럽다"며 자기 꿈은 "경찰이 되고 싶었다"고 고백했던 적도 있다.

그런데 1995년 형이 하던 사업이 부도가 났다. 단추 공장을 하다가 염색 공장으로 사업을 확장한 것이 잘못된 것이다. 그때 형은 부산에 있던 나에게 전화를 했다.

"아무래도 내가 책임을 지고 세상을 떠나야 할 것 같다."

나는 "그런 무책임한 말이 어디 있냐! 혼자 죽으면 다냐!"며 소리를 버럭 질렀다. 정신없이 비행기를 타고 서울 누나를 찾아가서 "형이 암에 걸려서 치료비를 냈다고 칩시다"며 설득하자

누나도 고개를 끄덕였다. 하지만 그로 인해 나와 누나는 경제적으로 큰 피해를 보았다.

　모두가 등 돌리고 형제들에게도 큰 피해를 입혔으니 어디 손 벌릴 데도 없었을 것이다. 형은 재기하기 위해서 온갖 궂은일도 마다하지 않았지만 신용불량자가 일할 만한 곳은 뻔했다. 중국집, 피자집, 만두집 등 식당 오토바이 배달원에서부터 성인 게임장 관리까지 닥치는 대로 일을 하던 중 한 친구의 도움으로 식당을 개업하면서 상황이 나아졌다. 하지만 호사다마好事多魔라고 그때 암이 발병한 것이다.

　사업 부도 이후 20년 동안 가족과 떨어져 살았던 형은 차마 가족들에게 그 사실을 알릴 수 없었을 것이다. 해 준 것이 없는 남편이자 아버지가 무슨 낯으로 가족들을 부르겠는가. 수술이 끝나고 내가 큰조카에게 전화를 해서 형수와 조카들이 병원으로 왔지만 그때도 형은 "빨리 돌아가라"고만 했다.

　사실 암에 걸렸다고 해도 형은 마지막 순간까지 죽는다는 생각은 하지 않았다. 건강 검진을 받다가 우연히 암을 발견하게 되었고, 쓸개를 떼어 내도 사는 데 지장 없다고 했기 때문이다. 그런데 개복하고 보니 악성이었고 간으로 전이되어 있었다. 그럼에도 17개월 동안 항암 치료를 받으면서 형은 희망을 잃지 않았다. 그때 형은 딱 10년만 더 살고 싶다고 했다. 형제들에게

작은형과 나의 어린 시절 사진

2013년 4월 환갑이 되는 해 세상을 떠난 형은
생의 미련과 아쉬움 때문에 눈도 감지 못했을 것이다.

진 빚을 갚고, 가족들에게도 조금은 남기고 떠나고 싶었던 것이다. 하지만 형의 운명은 거기까지였다. 2013년 4월 환갑이 되는 해 세상을 떠난 형은 생의 미련과 아쉬움 때문에 눈도 감지 못했을 것이다.

이제 나도 60, 죽음을 생각할 나이이다. 세상에 태어나는 데는 순서가 있어도 죽는 데는 순서가 없다고 했다. 그래서 잘 죽는 것, 웰 다잉well-dying, 고종명考終命이 중요하다. 고종명은 인생 오복 중 하나인데 오복은 『상서尙書』「홍범편洪範篇」에 나온다. 첫째 장수하는 것壽, 둘째 부유하게 사는 것富, 셋째 건강하게 사는 것康寧, 넷째 훌륭한 덕을 닦는 것攸好德, 다섯째 천명을 다 살고 죽는 것考終命이라고 했다. 그럼 어떻게 하면 잘 죽을 수 있을까?

나는 죽음의 시간을 스스로 선택하기 위해 죽는 나이를 96세로 정했다. 어머니가 돌아가신 나이보다 10살 위이다. 술과 담배도 하지 않고 나름 건강하게 살고 있으니 가능하리라 생각하지만 인생이 내 마음대로 되겠는가. 만일 그전에 치매가 오거나, 병으로 생의 마지막 순간을 맞이하게 되면 스스로 곡기를 끊어서 존엄한 죽음을 택하려고 한다. 아버지와 어머니, 작은형처럼 생의 마지막 순간을 병원에서 보내고 싶지는 않다. 가까운 사람들과 미리 인사를 나누고 조용히 나의 삶을 돌아보며 정리할 것이다. 100세에 자신의 생을 품위와 존엄의 방식으로 마감한 스콧 니어링처럼 말이다.

인생은 공수래공수거空手來空手去, 빈손으로 왔다가 빈손으로 가는 것이다. 젊은 시절 나는 장기 기증 서약을 했다. 세상에 남길 것이 없는 부족한 사람이니 내 몸이라도 세상에 보시布施하겠다는 마음에서였다. 나름 열심히 살았지만 보람이 적었고, 돌아보면 부끄러운 허물투성이며 자식에게 남길 재산도 없다. 책을 좋아했던 아버지, 공부하는 걸 즐겼던 아버지로 기억되면 그것으로 족하다.

아버지와 어머니, 작은형의 마지막 순간을 떠올리다 보니 오히려 나 자신을 되돌아보게 된 것 같다. 나는 내가 선택한 죽음의 순간을 맞기 위해서 앞으로도 지금처럼 책을 읽고 토론하고 글을 쓰면서 즐겁게 살고자 한다. 이것이 내가 인생 후반부에 이웃과 소통하는 방법이며 연대하는 삶의 여유이다.

떡볶이를 팔며
책을 든 엄마의 모습

이진희

엄마에게서는 언제나 떡볶이 냄새가 났다. 엄마가 늦은 밤 장사를 마치고 방으로 들어와서 겹겹이 입었던 옷과 버선을 벗어 놓으면 방 안은 온통 떡볶이 냄새로 가득 찼다. 허리에 단단히 묶은, 주머니가 달린 앞치마는 항상 메고 있어서인지 유독 떡볶이 냄새가 심했다. 겨울에는 바람 때문에 포장 천으로 사방을 막아 어묵 국물과 떡볶이를 끓여 대니 습기 때문에 냄새가 더욱 몸에 배었다.

엄마는 바쁜 아버지를 대신해 자식 둘을 키우기 위해 내가 다니는 초등학교 앞에서 떡 하나에 10원씩 받고 떡볶이를 팔았다. 엄마가 만든 떡볶이는 꽤 인기였는데 엄마는 다른 집과 달리 태양초 고춧가루를 쓰는 게 비법이라며 자랑스러워하시곤 했다.

엄마가 떡볶이를 팔러 나가지 않는 날은 1년에 딱 두 번 명절 때뿐이었다. 가끔 그 시절을 떠올릴 때면 엄마는 50원, 100원 벌어서 자식을 키우는 재미에 하나도 힘들지 않았다고 했다. 그렇게 10년을 넘게 엄마는 좁은 포장마차 안에서 떡볶이를 팔았다.

학교 앞 꼬맹이 손님들이 집으로 모두 돌아가고 한가한 시간이 되면 엄마는 어묵을 건져 놓고 나무로 짠 삐걱거리는 의자에 앉아 책을 읽었다. 책을 많이 읽던 사람도 아니었고 다른 책을 읽는 모습도 기억나지 않는다. 하지만 엄마는 펄 벅의 『어머니』를 오랫동안 천천히 읽었다. 1984년 문공사에서 발행한 정가 700원짜리 손바닥만 한 책이다. 그 모습이 꽤 인상적이었던지 지금도 엄마를 생각하면 떡볶이 냄새와 함께 포장마차 안에서 떡볶이를 뒤적거리거나 펄 벅의 책을 읽고 있던 모습이 가장 먼저 떠오른다.

내가 결혼을 하고 아들 둘을 낳아서 키워 보니 엄마가 길 위에서 얼마나 힘들고 억척스럽게 살았는지 그제야 겨우 손톱만큼 헤아려 보게 되었다.

나는 가끔 급한 일이 생겨 아이들을 맡겨야 할 때면 엄마에

『**어머니**』(펄 벅)
/ 문공사

엄마는 펄 벅의 『어머니』를
오랫동안 천천히 읽었다.
1984년 문공사에서 발행한
정가 700원짜리 손바닥만 한 책이다.

게 부탁을 했다. 그럼 엄마는 한달음에 의정부에서 안양까지 전철을 타고 왔다.

하루는 평소보다 안색이 좋지 않았는데 새벽에 엄마가 등이 아프다고 호소했다. 부랴부랴 한림대 응급실에 도착하자 갑자기 엄마는 이젠 아프지 않다며 다 나은 것 같다고 돌아가자고 했다. 완강하게 거부했지만 제발 검사만 받고 가자며 엄마를 설득했다. 그 순간 엄마는 그곳이 자신의 마지막 문턱이라고 직감했던 걸까?

검사 결과 의사는 심근 경색이라며 바로 중환자실에 입원을 하라고 했다. 갑작스런 입원에 유치원 교사로 근무하던 동생과 작은 가게를 하던 아버지가 급히 병원으로 왔다. 엄마는 자신은 멀쩡한데 왜 화장실도 못 가게 하고 움직이지도 못하게 하는지 모르겠다고 불평을 했다. 중환자실에서 며칠 지내다 일반 입원실로 옮겼을 때도 엄마는 계속 퇴원하고 싶다고 했다. 수술 이야기를 꺼내면 걱정할까 봐 별 거 아니라며 얼버무렸다. 그 사이 친척들과 이웃들이 계속 병문안을 왔다. 병원에서는 이것저것 검사를 하더니 수술 동의서에 사인을 하라고 했다. 그러면서 얼마나 위험한 수술인지, 얼마나 큰 수술인지 설명했다. 처음 듣는 낯선 용어들을 들으면서도 그게 어떤 수술인지 어떤 위험이 있는지 나는 몰랐다.

수술 전날에는 엄마를 데려가더니 온 몸에 노란 소독약을 발랐다. 소독약을 바르는 엄마의 벗은 몸은 공포의 무게만큼 덜덜 떨고 있었다. 내가 할 수 있는 일은 아무것도 없었다. 그런 생각이 강했던 탓일까 나는 수술 전날 집으로 돌아왔다. 그때는 엄마 곁을 지키지 못한 후회를 나중에 하게 될 줄은 꿈에도 몰랐다.

수술 날 아침, 4살, 8개월 된 아이 둘을 챙겨 가느라 수술 시간에 꼭 맞춰 병원에 도착했다.

"좀 일찍 오지."

평소 자식들에게 싫은 내색 한 번 안 하셨던 엄마의 목소리에는 서운함이 묻어 있었다. 사실 그때 나는 엄마에게 "엄마 사랑해", "엄마, 수술 금방 끝날 거야", "엄마 고마워"라는 말을 하고 싶었다. 그런데 결국 가슴속에 한이 되어 버린 말은 하지 못한 채 시간에 쫓겨 엄마를 수술실로 들여보냈다.

예정 시간이 한참 지나도 엄마는 나오지 않았다. 의사들은 바쁜 걸음으로 왔다 갔다 했고, 얼마 뒤 엄마는 중환자실로 옮겨졌다. 잠시 의식을 차리나 싶었는데 갑자기 혼수상태에 빠지자 의사가 제세동기로 심폐소생술을 실시했다. 엄마는 갈비뼈를 맞추기 위해 방금 나왔던 수술실로 다시 들어갔다가 나온 뒤 영영 깨어나지 못했다. 엄마는 뇌사 상태에 빠져 한 달여를 버티다가 결국 중환자실에서 말 한마디 나누지도 못한 채 숨을 거두었다. 그때 엄마 나이 쉰다섯, 내 나이 서른이었다. 철없던 딸이 아이 둘을 낳고 어머니란 존재가 무엇인지 어렴풋이 알게 된 순간이었는데 엄마는 곁에 없었다.

병원의 차가운 바닥을 뒹굴며 통곡했다. 한 여자의 일생이 무참했고, 이런 게 무슨 인생인가 싶어 서러웠다. 그 후로도 꿈을 꾸다 꺼이꺼이 소리에 놀라 깨면 베개가 다 젖어 있었고, 세수하다 울컥하여 쏟아지는 수돗물과 함께 하염없이 울었던 날도 많았다.

화장터 가는 날 나는 엄마를 붙들고 마지막 약속을 했다.

"엄마, 동생이랑 아버지는 내가 잘 챙길게. 이제 짐은 다 내려놓고 혼자 하고 싶은 거 다 해."

엄마가 떠나고 유품을 정리하다 우연히 펄 벅의 『어머니』를 보았다. 엄마가 떡볶이를 팔며 책을 읽는 모습이 떠올랐다. 엄마는 책을 읽으며 무슨 생각을 했을까?

펄 벅의 『어머니』 속 주인공은 조그만 농가에서 늙은 시어머니를 모시고 살아간다. 눈병이 나도 약을 사지 못하는 가난한 살림에도 매일 같이 농사를 지으며 열심히 일한다. 일이 끊이지 않는 밭에서 씨를 뿌리며 곡식이 자라는 모습을, 아이들이 자라는 모습을 보며 주인공은 희망을 잃지 않는다. 남편은 놀음을 하고 시골 생활보다는 도시를 꿈꾸다 푸른 삼베로 옷을 해 입고 집을 나가 버리지만 주인공은 자식들을 돌보며 남편을 기다리다 늙어 간다. 이 책의 주인공이 힘들게 농사일을 하고 시어머니를 봉양하고 자식들 키우며 살아가는 모습에 엄마는 위안을 받았던 걸까?

엄마를 보낸 지도 벌써 14년이 지났다. 엄마의 '엄' 자만 꺼내도 하염없이 눈물이 쏟아지던 몇 년을 버티며 '엄마'라는 단어를 남들 앞에서 꺼내지도 못했다. 그러면서 엄마에게 한 약속을 지키기 위해 매일매일 최선을 다해 살아 냈다. 작년에는 아버지 칠순 잔치도 있었고 막내 동생은 시집을 갔다. 나는 조금 늦게 공부를 시작해 대학원을 졸업했다. 시간이 약이라고 하지만 그 슬픔이 사라질 때까지 견디며, 남은 가족들은 그렇게 하루하루 씩씩하게 살아가고 있다.

나를 반고아로 만든
어머니

신기수

나는 산골 마을에서 자라 고등학교와 대학교를 졸업한 뒤 어떻게든 대구 쪽에서 자리를 잡으려고 했다. 고향 주변을 떠나고 싶지 않아서였다. 대구에 있는 건설회사에 들어갔다가 여의치 않아 회사를 옮길 때에도 구미에 있는 대기업으로 입사했다. 하지만 외환 위기 이후로 그룹이 해체되면서 패배의식에 빠지고 말았다. 그러다 이렇게 주저앉을 수는 없다는 생각에 새로운 탈출구를 모색했다. 그리고 2001년 3월, 벤처 붐이 일던 끝물에 서울로 상경했다. 나는 결국 고향을 떠나야 할 운명이었던 모양이다.

대학로 근처의 고시원에서 한 달을 지내다 겨우 새로운 거처를 마련하니 서울 생활이 마냥 팍팍하지만은 않았다. 대구만 고집하면서 서울은 사람 살 곳이 못 된다 여겼던 지난 시절이 아까운 생각마저 들었다. 이렇게 늦게 시작할 바에야 좀 더 일찍 서울에서 터를 잡았더라면 하는 후회가 들 정도였다.

그렇다고 서울에서 기반을 닦는 것이 쉬운 일은 아니었다. '집 떠나면 고생'이라는 말도 있지 않은가. 인간관계가 모두 지방 위주였기 때문에 서울에는 아는 사람이 많지 않았다. 게다가 '잘못하면 벤치생활'이 된다는 벤처 기업에서 사업을 일궈야 하는 만만치 않은 과제를 안고 있었다. 하지만 대기업을 나와 내 손으로 신규 사업을 만들어 간다는 설렘과 포부가 있었다. 그렇게 서울에서 고군분투하고 있던 어느 여름, 대구에 있는 형에게서 전화를 받았다. 어머니가 갑자기 쓰러지셨다는 소식이었다.

어머니는 나에게 가장 큰 영향을 끼친 분이다. 모든 사람들에게 어머니는 특별한 존재겠지만 나와 비슷한 세대나 이전 세대의 어머니들은 한恨의 세월을 감내하신 분들이다. 나의 어머니 역시 넉넉지 않은 집안에 시집와 힘든 시집살이를 겪으셨다. 다섯 형제의 둘째였던 아버지는 장남 역할까지 떠맡고 있었는데 결혼 후에 가게 된 군대에서 한쪽 다리를 잃고 돌아오셨다. 그래서인지 어머니는 더 억척스럽게 사셨다. 지나치게 절약해서 나는 항상 형이 입던 옷만 물려 입다가 괜히 어머니에게 성질을 부리기도 했다.

평생 쉬어 본 적이 없는 어머니는 쓰러지는 순간까지도 일을 놓지 않았다. 꼼꼼하고 철두철미한 성격에다 일벌레였기 때문에 그런 어머니 옆에서 아버지도 꽤 고생을 하셨다.

전화를 끊고 고향까지 어떻게 내려갔는지는 도무지 기억나지 않는다. 내가 내려갔을 때는 어머니를 안동의 한 병원 영안실에 모신 뒤였다. 어머니의 사인은 열사병이었다. 한낮의 뜨거운 비닐하우스에서 일을 한 게 화근이었다. 어머니의 시신을 보고도 실감이 나지 않았다. 까맣게 타서 앙상하게 말라 있는 사람이 어머니가 맞나 싶었다. 자식은 그렇게 끔찍이도 아끼셨으면서 당신의 몸은 저 지경이 되도록 내버려 두셨단 말인가. 나는 그런 것도 모르고 있었단 말인가.

장례를 치르는 3일 동안 평생 흘린 눈물보다 많은 눈물을 쏟아 냈다. 서러움의 눈물이자, 회한의 눈물이었다. 얼마나 울었는지 나중에는 현기증이 나서 서 있기도 힘들 지경이었다.

그렇게 어머니를 떠나보내고 가끔 어머니가 그립기는 했지만 감정이 북받쳐 오르거나 하진 않았다. 아마도 어머니와 깊은 이별을 했기 때문인지도 모르겠다. 생각해 보면 나는 어머니와의 이별을 통해 정신적으로 더욱 성숙해진 듯하다.

어머니가 돌아가신 뒤 나는 종종 '반#고아'가 되었다고 말했다. 객지 생활을 하면서도 늘 마음속에는 어머니가 있었다. 힘들고 좌절해도 찾아가면 반겨 주고 힘이 되어 줄 존재 말이다. 그런 어머니를 떠나보내니 이것도 내가 어른이 되어 가는 과정의 하나겠구나 하는 생각이 들었다. 흔히 결혼을 하고 아이를 낳아야 어른이 된다고 하는데 어쩌면 부모를 잃은 순간 진정한 어른이 되는 건 아닐까.

어머니의 빈자리가 생기자 아버지는 더욱 애틋해지셨다. 어머니의 역할을 하시려는 건지 말수도 없고 붙임성도 없는 막내아들에게 자주 연락을 하시고 걱정을 하셨다. 그러던 아버지는 어머니가 돌아가시고 얼마 지나지 않아 재혼을 하셨다. 아버지가 새어머니를 맞으신다고 했을 때 얼마나 서운했는지 모른다. 하지만 그동안 모든 걸 다 챙겨 주었던 어머니가 떠나니 그 빈자리가 너무 커 아버지는 혼자서는 살아갈 수 없었을 것이다. 아버지도 불편한 몸으로 그동안 힘들게 살아오셨으니 새로운 분과 새 인생을 시작하신 건 오히려 다행스러운 일일 것이다.

이후 나는 벤처 기업을 하다가 우연히 독서공동체를 운영하게 되었다. 그러면서 나는 새로운 가족을 만들어 보고 싶었다. 어머니의 죽음 이후 나는 어머니처럼 가족을 위해 희생하며 살아갈 자신이 없었다. 자식을 키우면서 일상에 매몰되는 사람을

숭례문학당 가족들과 제주도에서(맨 오른쪽이 나)

어머니가 돌아가신 뒤
나는 혈연으로 구축된 가족이 아니라
새로운 형태의 유사 가족을 꿈꾸게 되었다.

많이 봐 왔기 때문에 더욱 혈연으로 구축된 가족이 아니라 새로운 형태의 유사 가족을 꿈꾸게 되었다.

내가 이 길을 선택해 나아갈 수 있는 것은 부모님의 교육 덕분이다. 어려서부터 부모님은 나에게 무엇을 강요하지 않으셨다. 가난 때문에 못 배우고, 중학교를 중퇴할 수밖에 없었던 아버지였지만 누구보다 현명한 사고를 하셨고, 선택의 갈림길에서는 항상 "네가 알아서 잘 하겠지" 하고 모든 걸 맡기셨다. 그로 인해 지금은 너무 하고 싶은 일만 하며 살아가는 것은 아닌지 반성도 하지만 그것이야말로 부모님이 나에게 물려준 최고의 유산일 것이다.

어머니는 나를 반고아로 만드셨지만 내가 어떻게 살아야 할지를 가르쳐 주고 떠나셨다. 그러니 어머니가 일찍 내 곁을 떠난 것을 애통해하고만 있을 필요는 없다. 어머니가 열어 주신 길을 당당하게 걸어가면 될 것이다.

떠나보낸 아버지에게
말을 걸다

장정윤

"할아버지가 나랑 어린이대공원 다시 가 보자고 하셨어요."

"그래? 처음 듣는 말인데?"

"엄마는 모르는 나하고 할아버지의 약속이에요."

큰아이의 말을 듣고 나는 살짝 놀랐다.

시아버지가 돌아가시고 벌써 만으로 6년이 흘렀다. 그사이 이런저런 이야기들을 해 와서 이제는 시아버지와 관련된 이야 기 중 모르는 게 없다고 생각했는데, 가끔 이런 새로운 이야깃 거리가 또 튀어나온다.

내 기억 속에 남아 있는 아버지는 시아버지 한 분뿐이다. 친 아버지는 내가 다섯 살 때 돌아가셔서 내가 기억하는 친아버지는 항상 30대 후반의 사진 속 웃는 모습뿐이다. 명절이나 아버지 기일 무렵이면 엄마의 푸념이나 넋두리를 통해 아버지에 대한 이야기를 들을 수 있었다.

'아빠가 잘생겨서 좋았다. 기계도 잘 만지셨는데 생활 능력이 지지리 없어서 엄마를 고생시켰다.'

엄마의 하소연은 원망과 사랑이라는 이중적 감정이 뒤섞여 한참 동안 이어지고는 했다. 하지만 그것은 엄마의 기억일 뿐 내 것은 아니었다. 나에게 아버지라는 존재는 그저 실체가 없는 막연한 그리움의 대상이었다.

초등학교 시절 친한 친구가 있었는데 일주일에 서너 번 정도 뻔질나게 그 친구 집에 드나들었다. 친구 아버지는 택시 운전을 하셨는데 항상 나를 푸근한 미소로 맞아 주셨다. 딸을 대하는 모습에서도 따뜻함이 물씬 풍겨 났다. 어린 마음에 좋은 아버지를 가졌던 친구가 살짝 부럽기도 하고, 질투도 났다. 만약에 우리 아빠가 살아 계셨다면 저런 모습이었으면 하고 바라기도 했다.

부모는 아이의 감정적인 필요를 충족시켜 주고, 사회적인 성역할을 알려 주는 존재이다. 그런 점에서 본다면 나는 성인이 되었지만 여전히 뭔가 모를 결핍에 시달리고 있었던 것 같다. 그런데 나도 의식하지 못했던 빈자리를 채워 주고, '아버지'가 어떤 역할을 하고 어떤 의미가 있는 사람인지 구체적으로 알려 주신 분이 바로 시아버지이다.

처음 시댁에 인사를 갔을 때 아버지는 거의 말이 없으셨다. 같은 교회를 다니며 평소 몇 번 인사를 드린 적이 있어서인지 며느릿감이라기보다 아들 친구처럼 심상하게 대하셨다. 그 모습이 약간 당황스러우면서도 싫지 않았다.

시부모님을 모시고 사는 7~8년 동안에도 아버지는 늘 필요한 말이 아니면 거의 하지 않으셨다. 방에서 혼자 책을 읽고, 등산을 다니는 게 유일한 낙인 분이었는데 나와 아이들 일이라면 언제든 발 벗고 나서셨다. 직장에 다니는 나와 집안일에 바쁘신 시어머니를 대신해 아이들을 돌봐 주시고, 유모차를 밀며 온 동네를 다니셔서 동네에서는 유모차 미는 할아버지로 나름 유명세를 떨치셨다. 특히 큰아이와 시간을 많이 보냈는데 아이가 걷게 되면서부터는 어린이대공원으로 식물원으로, 여기저기 다니며 넓은 세상을 보여 주셨다.

며느리에게도 살가운 말보다는 행동으로 마음을 보이셨다. 한번은 둘째 아이 산달을 두 달여 남긴 어느 날 어머니가 2박 3일의 짧은 일정으로 여행을 가겠다고 하셨다. 출발 때까지 아버지는 불만스러운 표정이셨다. 며느리가 몸을 언제 풀지 모르는데, 시어머니가 어디를 가느냐며 못마땅해하신 것이었다. 아버지의 불길한 예감이 들어맞았는지 병원에서 정기 검진을 받고 돌아오던 내가 길에서 넘어지고 말았다. 그 소식을 듣고 아버지가 어머니께 전화를 걸어 당장 집으로 돌아오라고 호통을 치셨다. 어머니는 여행 다음 날 황급히 집으로 오셔서는 한참 동안 아버지의 잔소리를 들어야 했다. 어머니는 놀란 가슴을 쓸어내리며 아버지의 유난에 혀를 내두르셨다.

남편은 그런 아버지의 모습이 너무나 의외라고 했다. 자신이 어릴 적 아버지는 항상 엄하셨고 대화가 통하지 않았다고 했다. 매를 들지는 않았지만 안 된다는 게 많았는데 그런 아버지가 왜 유독 며느리와 아이들에게는 저렇게 너그러우신지 모르겠다며 고개를 절레절레 흔들었다.

아버지는 평소 혈압 말고는 따로 병원에 갈 일이 없을 정도로 건강하셨다. 그런데 몇 달 동안 계속 컨디션이 안 좋다고 하셔서 억지로 건강 검진을 받으시라고 등 떠밀었다. 가족들의 성화에 못 이겨 받은 검사 결과 담석과 폐에 이상 소견이 발견되었다. 그렇지만 일주일 전까지 친구들과 등산을 할 정도로 건강하셨기 때문에 우리는 별로 걱정하지 않았다. 병원에서는 쓸개에 담석이 포도송이처럼 들어차 있다며 수술을 서둘렀다. 쓸개를 떼어 내면서 폐 조직 검사까지 한 번에 하기로 했다. 그런데 조직 검사 결과 뜻밖에도 폐암 중기라는 선고를 받았다. 우리는 너무도 놀랐다. 수술이 회복되는 대로 항암 치료를 받기로 했는데 세상일은 뜻대로 되지 않았다.

수술 후 회복 속도가 더디던 아버지는 급기야 면역력과 체력이 급격히 떨어져서 단 몇 주일 만에 암이 몸 전체로 퍼져 버리고 말았다. 의사는 전이 속도에 놀라며 길어야 한두 달이라고 시한부 판정을 내렸다. 병이 발견된 지 겨우 두어 달 만에 멀쩡하던 사람이 말기 암 환자가 되어 목숨이 경각에 달리게 되다니……. 기가 차고 실감나지 않았다. 하루하루 상태가 급속히 나빠져서 집에서는 제대로 된 치료가 불가능해 요양 병원으로 옮겼다. 그러나 결국 의사의 예측대로 아버지는 한 달 만에 돌아가셨다. 투병 기간은 고작 3개월여였다.

초등학교 5학년이던 큰아이는 장손이어서 남편과 같이 상주가 되었다. 어린 아들이 검정 양복을 입고, 손님들을 맞는 광경을 보자 나는 처량하고 가슴 아팠다. 그날 큰아이는 할아버지의 부재와 검정 양복의 의미를 알기라도 한 것처럼 이후 훌쩍 어른이 되어 버렸다.

장례 기간 동안 가족들은 아버지를 잃은 상실감에 울다가, 밤이 되면 누군가 시작한 아버지 이야기로 웃으며 감정의 롤러코스터를 타는 며칠을 보냈다. '회사 끝나면 바로 집에 돌아오는 땡돌이였다. 마누라가 밥을 차려 주지 않으면 마냥 굶고 있기 일쑤였다. 끔찍한 효자라서 마누라 고생은 다 시켰다'는 어머니의 이야기는 우리에게 아픔인 동시에 그리움이었다.

이전에 내가 직접 겪은 죽음이라고 해 봤자 친할머니의 죽음뿐이었다. 그때도 떨어져 살아서 죽음이라는 단절에 큰 감흥은 없었다. 그저 며칠을 힘들게 보냈다는 기억뿐이었다. 이후로도 랜디 포시 교수가 쓴 『마지막 강의』라는 책을 보며 감동하거나 『모리와 함께 한 화요일』을 읽으며 '인간의 삶이 허무하다느니, 죽음은 슬픈 것이지만 뭔가 심오하고 깊은 의미가 있을 것 같다느니' 하는 순진하고 추상적인 생각만 하고 있었다. 현실의 죽음은 더 절실하고 아픈 것인데 말이다.

죽음은 종종 마지막에 비유된다. 모든 관계의 단절이며, 인생의 끝이다. 망각 속에 잊힌 존재가 되는 것, 나는 그것이 죽음이라고 배웠다. 하지만 거기서 간과한 것은 남은 사람들이다. 육체적인 죽음은 물리적으로 사랑하는 사람들을 갈라놓지만 남은 자들의 기억은 계속된다. 그 기억 속에서 죽은 자들은 산자와 일상을 함께한다.

시오노 나나미가 쓴 『로마인 이야기』에 보면 예전 로마인들은 무덤과 생활의 공간이 근접해 있었다. 로마는 길가에 묘비와 무덤을 만드는 것이 관습이었다. 묘비명에도 무슨 거창한 구절을 새기지 않았다. 그저 "나는 살아 있는 동안 줄곧 진심으로 즐겁게 술을 마셨다"처럼 일상의 일을 새겨 놓았다. 길을 지나던 나그네들은 아마도 나무 그늘이 있는 무덤가에서 쉬면서 가볍게 말을 걸어오는 묘비의 글귀들을 읽었을 것이다. 이게 바로 삶과 죽음이 공존하는 순간이다.

일상의 공간에서 산 자와 죽은 자가 함께 할 수 있다면, 우리 가족들은 여전히 아버지와 현재를 살고 있는 셈이다. 설계도를 들고 직접 인부들을 구해 지었다는 집 안 여기저기에 아버지의 흔적이 널려 있다.

지금도 메모지나 허리띠 같은 물건이 필요할 때 아버지의 물건을 뒤지면 신기하게도 웬만한 물건은 다 찾을 수 있다. 경제적으로 어렵게 살아온 아버지는 밖에서 얻은 물건들은 모두 집으로 가져오셨다. 그래서 문구류나 오랫동안 모은 술, 심지어는 밴드와 청진기까지 없는 게 없다. 우리는 그 물건들을 선뜻 버릴 수가 없다. 한눈에 봐도 20년 이상은 족히 되어 보이는 손때 묻은 물건들 속에서 아버지가 보이기 때문이다.

가족들은 아버지의 준비성을 칭찬하기도 하고, 때로는 불평을 하기도 한다. 또 결정을 내려야 할 순간이 오면 누군가는 '만약 아버지였다면 이렇게 했을 거다. 절대 그런 일은 가만히 보고 있지 않았을 거다'라고 말한다. 우리는 돌아가신 아버지와 여전히 대화를 하고 있는 셈이다.

아버지 장례식을 치른 대학 병원의 장례식장은 큰길가에 있어 삶과 죽음이 공존하는 로마의 도로가 떠오른다. 나와 함께 그 길을 걸을 때면 큰아이는 항상 이곳이 할아버지 장례식장이었다고, 할아버지와 약속한 것들이 많다고 말한다. 이제 훌쩍 커 버린 큰아이도 여전히 할아버지와 함께하는 듯하다.

　　이따금 아버지가 방 안에서 책을 보거나 뭔가를 쓰고 계실 것 같은 착각이 든다. 평소에도 조용하셨으니 지금의 이 고요함이 아버지의 부재를 의미하지는 않는다. 죽은 자는 말이 없다고 했던가? 그렇다. 육신이 없는 아버지가 말을 하실 리 만무하다. 하지만 우리는 여전히 아버지의 말을 듣고, 체취를 느끼고, 생각을 따라가며 살고 있다. 삶과 죽음의 경계를 긋지 않는 것, 이 것이 우리 가족이 아버지를 사랑하는 방법이며 애도하는 방법이다.

온기를 잃은
할아버지의 몸

이두리

어린 시절 일하러 나간 어머니를 대신해 나를 돌보아 준 사람은 할아버지였다. 그래서 할아버지와 함께 보내는 시간이 많았으며 할아버지가 모는 자전거 뒷자리는 항상 내 차지였다. 자전거 옆으로 차가 달려도 할아버지를 꼭 붙잡고 있으면 하나도 무섭지 않았다. 뒷자리에서 할아버지의 허리를 꼭 껴안았을 때의 푸근한 느낌은 지금도 두 팔에 남아 있다.

가끔 할아버지가 방에 들어오는 기척이 나면 나는 자는 척하면서 할아버지가 곁에 누워도 꼼짝도 안 했다. 그러면 할아버지는 요 녀석, 하며 내 턱을 잡고 살짝 흔들었다. 술이 거나하게 취해 들어오는 날에는 주무시며 일본어로 잠꼬대를 하거나 몸을 뒤척이고는 했는데 스무 살, 장례식장에서 본 할아버지는 한 번도 몸을 뒤척이지 않았다.

할아버지를 떠나보낸 해, 나는 대학 입학을 앞두고 있었다. 그래서 겨울방학을 이용해 친척집 여러 곳을 방문하던 중 맨 마지막에 강원도 폐광촌으로 가는 열차를 탔다. 할아버지와 할머니를 만나기 위해서였다.

할아버지는 몇 년 전부터 그곳의 가장 큰 병원에 입원해 있었다. 몇 개월 전 할아버지가 위독하다는 연락을 받고 모두 긴장 속에서 비상 대기했던 적이 있었는데 그때는 다행히 상태가 호전되어 무사히 지나갔다. 그 일이 있고 병문안을 간 건 처음이었다. 병원에서 만난 할아버지는 산소호흡기를 끼고 누워 있었다. 의식이 없거나 내 얼굴을 못 알아볼 정도는 아니었다. 생각보다 건강해 보이는 모습에 나는 한시름 놓았다. 그런데 할아버지의 손이 침대에 묶여 있었다. 자꾸 호흡기를 떼 달라고 투정을 부리다가 스스로 호흡기를 떼서 위험한 상황이 여러 번 있었던 모양이었다.

나는 종이에다 글을 써서 할아버지 눈앞으로 가져갔다.

'대학 가서도 공부 열심히 할게요. 빨리 쾌차하세요.'

할아버지는 연신 고개를 끄덕였다.

다음 날 새벽, 전화벨 소리에 잠에서 깼다. 할머니는 할아버지 상태가 안 좋아졌으니 병원에 다녀와야겠다고 하며 나에게 더 자고 아침에 병원으로 오라고 했다. 그런데, 한두 시간 뒤 다시 전화벨이 울렸다. 할머니는 담담한 목소리로 할아버지의 죽음을 알려 주었다.

염습실에서 할아버지의 얼굴을 내려다보았다. 술에 취해 잠든 모습 그대로였다. 두 명의 장의사는 바쁘게 움직이고 있었고 가족들은 모두 두 손을 모으고 그 과정을 지켜보았다. 조용한 염습실 안에는 이따금 코를 훌쩍이는 소리만 울렸다.

입관을 앞두고 장의사가 말했다.

"고인 곁에 서서 그분 쪽으로 손을 뻗으세요. 주위를 천천히 돌며 작별 인사를 나누면 됩니다."

이제 정말 마지막이구나 하는 생각이 들었다. 죽음과 그렇게 가까이서 마주하게 된 것은 처음이었다. 몸이 떨리고 어색하고 불편하기만 했다. 할아버지 곁에 서 있던 가족들은 손을 뻗은 채 천천히 움직였다. 울음소리는 더욱 커졌다. 나도 한 발 한 발 걸음을 옮겼는데 왼손 끝이 할아버지의 귓바퀴에 닿고 목덜미를 스쳤다. 아주 짧은 순간이었다. 차가운 감촉. 포근하고 따뜻하기만 했던 할아버지에게 처음으로 받은 찬 기운은 할아버지가 이 세상 사람이 아니라는 것을 절감하게 해 주었다.

할아버지 주위를 한 바퀴 돈 뒤 나는 자리에서 조금 비켜섰다. 손끝에서 전해진 차가운 감촉 때문인지 참았던 눈물이 주르륵 흘렀다.

장지는 근처 공원 묘역이었다. 묘소에서 몇 발자국 떨어진 곳에 술과 음식을 차리고 산신제를 지냈다. 영면에 들어간 할아버지가 편안히 잠들 수 있도록 산신령에게 부탁을 드리는 것이다. 하관이 이어졌을 때 누군가가 보훈처에서 받은 영구靈柩용 태극기도 함께 안장해야 하는 것 아니냐고 말을 꺼내자 한 분이 시신만 안장하고 태극기는 따로 소각하거나 보관해야 한다고 말했다.

사실 할아버지는 6·25 전쟁 참전 용사였다. 어릴 때 할아버지가 우는 모습을 딱 한 번 본 적이 있었는데 바로 6·25 전쟁 학도병에 대한 다큐멘터리를 볼 때였다. 자원입대라고는 하지만 할아버지는 법적으로 미성년자일 때 참전했다. 오른쪽 팔꿈치에 총알이 스친 뒤 팔을 곧게 펼 수 없게 되었다는 것과 국가유공자 혜택을 받지 못했다는 것 말고 전쟁에 대해 다른 이야기는 듣지 못했다. 할아버지는 생전에 전쟁 이야기를 극도로 꺼렸다.

문득 전쟁을 겪은 할아버지의 몸은 어떤 기억을 담고 있을지 궁금했다. 무겁고 딱딱한 소총을 든 느낌, 포성과 울부짖음, 전우가 피 흘리며 쓰러지는 모습을 기억하고 있었을까? 고통의 흔적이 남은 오른쪽 팔꿈치로 살아가며 할아버지는 무슨 생각을 했을까? 할아버지의 몸은 어린 내게 전해 준 온기 말고도 많은 걸 지니고 있었을 것이다.

아래로 내려간 관에 상주인 아버지가 흙을 세 번 뿌렸다. 그 뒤 이어진 삽질로 관은 금세 덮였다. 나도 흙을 쥐어 뿌렸다. 손에 남은 흙의 감촉은 부드러웠다.

할아버지의 장례를 치르면서 시 한 편이 떠올랐다. 황동규 시인의 '풍장風葬1'이라는 시였다. 이 시는 마치 유언과도 같은 시로, 화자는 자신이 세상을 뜬다면 풍장을 시켜 달라고 부탁한다. 그리고 입은 옷과 손목에 찬 전자시계도 그대로 두고 시신을 가죽가방에 넣어 달라고 한다. 장례 장소는 서해의 어느 무인도인데 그곳에서 늦가을 차가운 햇빛 속에 바람을 이불처럼 덮고 살과 피를 말리겠다고 한다. 육신을 비바람 속에서 소멸시키고 마침내 자연의 품으로 돌아가겠다는 것이다. 죽음을 초연하게 맞이하는 화자의 태도가 인상적이었다. 이 시의 화자와 같은 관점을 지닌다면 죽음이 두렵지 않을 것 같았다.

화장化粧도 해탈도 없이

이불 여미듯 바람을 여미고

마지막으로 몸의 피가 다 마를 때까지

바람과 놀게 해다오

연극 〈염쟁이 유씨〉

할아버지의 몸은 오래전에 흙이 되었을 것이다.
나의 왼손에 남아 있던 할아버지의 귓바퀴와
목덜미의 차가운 감촉도 어느새 사라져 있었다.
나에게 온기를 전해 주었던 할아버지의 차가운 몸을
내가 덥힐 기회는 이제 없다.

나는 할아버지를 풍장으로 장례를 치르는 상상을 했다. 그럼 천천히 할아버지를 떠나보낼 수 있으니 덜 슬플 것 같았다. 마지막 대화도 나누지 못한 채 황망히 떠내보낸 아쉬움을 조금이나마 달랠 수 있지 않을까.

　얼마 전 대학로에서 연극 〈염쟁이 유씨〉를 보았다. 주인공 유씨는 장의사였는데 수의를 입은 소품용 시신, 유씨가 진행하는 염의 과정을 보자 13년 전 염습실에서 보았던 할아버지의 마지막 모습이 기억났다. 할아버지의 몸은 오래전에 흙이 되었을 것이다. 나의 왼손에 남아 있던 할아버지의 귓바퀴와 목덜미의 차가운 감촉도 어느새 사라져 있었다. 나에게 온기를 전해 주었던 할아버지의 차가운 몸을 내가 덥힐 기회는 이제 없다.

　나는 마음속으로 풍장을 치러 떠나보낸 할아버지를 떠올리며 선선한 바람이 불어오면 손을 뻗어 보곤 한다. 그러면 왠지 바람 속에서 할아버지의 온기가 느껴지는 듯하다.

꿈을 알려 주고
떠난 이모

김수환

　나에게는 띠동갑이 훨씬 넘는 이모가 있었다. 나이 차이가 제법 났지만 이모와는 친구처럼 지냈다. 어릴 적 외삼촌댁에 놀러 갈 때면 나는 늘 이모 방으로 먼저 향했다. 이모 방은 어린 내 눈에는 마치 보물 창고와 같았기 때문이다. 텔레비전 위에는 비디오와 테이프들이 산더미처럼 쌓여 있었고 책꽂이에는 일본어 책이 빼곡하게 꽂혀 있었다. 선반 위에 있는 음악 CD들은 내 호기심을 자극했고, 화려한 그림들도 많았다. 나는 그것들을 모조리 꺼내 눈으로 보고 손으로 만지고 싶었다. 어린 내게 이모의 방은 신비로운 우주 세계였다.

　초등학생 때까지 나는 수다쟁이라 불렸다. 항상 질문을 달고 살았는데 궁금한 건 꼭 물어보고 대답을 들어야 직성이 풀렸다. 그러다 중·고등학교를 거치며 말수가 줄어들었다. 그 시기엔 누구나 그렇듯이 나 역시 속마음을 숨기기만 했고 가족들과 대화도 줄어들었다. 대학에 진학해서는 2~3시간 거리를 버스로 통학하고 과제와 아르바이트를 하며 하루하루를 보냈다. 무엇을 하고 사는지도 모른 채 그저 시간만 흘러갔다. 그 무렵 이모는 일본인 가이드 일을 한다는 소식을 엄마를 통해서 들었을 뿐이다. 그리고 나는 군대에 입대했다.

군대에 있으면 예상치 못한 휴가를 받을 때가 있다. 바로 가족의 투병이나 부고가 있을 경우이다. 나에게도 두 번의 휴가가 찾아왔다. 갑작스럽게 휴가를 받고 전날 집에 전화를 했더니 아버지는 이모 집 옆으로 이사를 했다는 것과 이모를 보더라도 놀라지 말라는 말을 했다. 갑자기 이사라니? 영문을 알지 못한 채 그날 밤 잠을 설치고 다음 날 집으로 향했다.

새로 이사한 집은 다세대 주택 2층이었다. 파란색 대문을 열자 긴 마당이 보였다. 마당을 지나쳐 집으로 올라가 보니 옛날식 구조의 낮은 천장에 좁은 집이었다. 이삿짐은 정리 정돈은커녕 쌓아올린 채로 금방이라도 무너질 것 같아 나는 할 말을 잃었다. 어려운 형편 때문에 힘들게 구한 집이었던 걸까. 우울한 마음을 억누르고 이모를 만나러 갔다. 기대와 설렘을 안고 문을 두드리자 삐걱 하며 문이 열렸다. 그리고 문 뒤에 이모가 서 있었다. 난 순간 눈을 의심했다. 내 기억 속의 이모가 아니었다. 발랄했던 짧은 머리, 통통했던 볼은 사라지고 머리카락은 한 가닥도 남아 있지 않았다. 홀쭉해진 볼살과 퀭한 눈빛의 이모 모습에 난 숨이 멎는 듯했다. 도대체 이모에게 무슨 일이 있었던 걸까. 몇 마디 나누지 못하고 집으로 돌아와서 자초지종을 들을 수 있었다.

"이모 암이야. 내색하지 말고 있어."

왠지 억울한 기분까지 들었다. 자기가 하고 싶은 일은 뭐든 할 수 있을 것 같았던 이모가 암에 걸리다니. 나는 넋 나간 사람처럼 짧은 휴가를 보내고 부대로 복귀했다.

집을 나서기 전 다시 이모를 찾았을 때 나는 말년 휴가 때 꼭 보자고 했지만 그것이 이모와 나눈 마지막 대화가 되었다. 말년 휴가를 며칠 앞둔 어느 날 나는 아버지의 전화를 받았다. 이모가 돌아가셨으니 마음을 추스르고 나오라는 것이었다.

순간 이모의 방이 떠올랐다. 그곳에 있던 책, 음반, 그림 모두 아득한 꿈처럼 느껴졌다. 젊고 발랄했던 이모와 힘겹게 앉아 있던 이모의 모습이 겹쳐 보였다. 빈소에서 이모의 영정 사진과 마주했을 때도 눈물이 나지 않았다. 그냥 담담한 기분이었다. 가족들은 슬픔을 꾹꾹 눌러 담은 듯한 모습이라 장례식의 분위기는 더욱 무겁고 엄숙하게 느껴졌다. 조문객들은 조심스레 이야기를 나누고 조용히 사라졌다.

나는 형으로부터 이모에 대한 자세한 이야기를 들을 수 있었다. 형에 따르면, 엄마는 암에 좋다는 음식을 해서 매일 이모에게 먹였지만 차도가 없어 결국 옆집으로 이사해 이모를 돌봤다고 했다. 그래도 차도는 없었고 나중엔 숨 쉬기조차 어려워 병원에서 호흡기를 달고 생활했다고 했다. 어쩔 수 없었지만 마지막 순간 이모 곁에 있어 주지 못해 아쉬움이 밀려왔다.

이모를 영영 떠나보내야 하는 곳은 화장터였다. 마치 시간이 멈춘 듯 적막한 그곳에서는 잘 정돈된 푸른색 잔디와 소나무, 형형색색의 꽃이 우리를 맞았다. 이모가 한 줌 재로 사라지던 순간 참았던 눈물이 쏟아지며 온몸에 힘이 빠졌다.

이모를 보내고 집에 돌아와 가장 먼저 한 일은 이모의 물건을 정리하는 것이었다. 잠시 자리를 비운 것처럼 방 안은 어릴 때 봤던 모습 그대로였다. 정말 이상한 이야기지만 이모는 세상 누구보다 행복하게 살 것 같았다. 결혼도 생각이 없는 듯해서 참다못한 외할머니와 엄마가 이모를 시집보내려고 엄청 애를 썼지만 번번이 바쁘다는 핑계를 대며 이모는 자신이 하고 싶은 일을 하면서 살았다. 그림 청탁을 받아 좋아하는 그림을 원 없이 그렸으며, 음반 가게를 운영했을 때는 늘 음악과 함께였다.

몸이 아프기 전까지는 가이드 일을 하면서 방방곡곡 여행을 다녔다. 내 기억 속 이모는 삶을 즐길 줄 아는 사람이었다.

내가 나이가 들어 마주한 현실은 어린 시절 이모의 방에서 상상했던 세상과 전혀 달랐다. 그래서인지 각박한 현실 속에서 삶이 힘겨워질 때면 이상할 정도로 이모가 떠올랐다.

'이럴 때 이모라면 어떻게 했을까?'

나는 남들처럼 정해진 길을 가고 싶지 않았다. 이모처럼 가슴이 뛰는 진정으로 하고 싶은 일을 찾고 싶었다. 그래서 지금은 책을 읽고 글을 쓰는 일을 하고 있다. 책 곳곳을 헤집고, 밑줄을 긋고, 문장을 곱씹고 글을 쓰는 일은 난생 처음 내가 온 힘을 다해 몰두하는 일이다. 멍하니 창가에 앉아서 세상을 바라보던 이모처럼 나도 물끄러미 세상을 바라보는 습관이 생겼다. 그때마다 나는 이모에게 말을 건다. 이모가 꿈꾸었던 세상이 무엇이냐고, 나도 나름 잘 살고 있지 않느냐고.

기억 앞에 서다

명사은

"딸, 놀라지 말고 잘 들어. 아빠가 많이 아프시대. 암 검사 결과 듣고 오는 길이야. 수술로도 안 되고 의사 선생님 말로는 길어야 1년이라는데……."

그 뒤로 엄마가 뭐라고 하셨는지는 잘 생각이 나지 않는다. 벌써 7년 전의 일이다. 엄마의 입에서 쏟아져서 내 귀로 쑤셔 박힌 이야기가 도대체 무슨 의미인지 알 수가 없었다. 아버지는 소박하고 따뜻했던 우리 가족의 지붕이자 기둥이었다. 그런데 길어야 1년이라는 말이, 아버지가 암이라는 말이 어떤 의미인지 그때는 몰랐다. 나는 엄마에게 아버지는 죽지 않을 거라고, 살려 내자고 몇 번이고 얘기했다.

아버지는 얼마 뒤 본격적으로 항암 치료에 들어갔다. 그리고 나는 연애를 시작했다. 아니, 연애를 시작하려고 한창 치장에 신경을 쓰고 있을 때였던가, 아마 그랬을 거다. 아버지는 머리를 박박 밀고 항암 치료로 힘들어 할 때, 옷 입고 화장할 궁리에 빠진 자식이라니, 그게 나였다. 내가 연애에 시간을 쏟을수록 엄마의 할 일은 더욱 늘어났다. 항암 치료를 받는 아버지 곁에 늘 함께했으며 치료에 좋다는 음식은 다 구해서 아버지에게 먹이셨고, 운동도 함께 했다. 아버지를 보살피는 일은 모두 엄마의 몫이었다. 나는 아버지의 지친 기색을 가끔 위로하고, 가끔 모른 체했다. 아버지가 죽을지도 몰랐지만 일상은 흘렀다.

3차에 걸친 항암 치료를 마치고 부모님은 요양을 위해 강원도 어딘가로 거처를 옮겼다. 엄마는 남편을 살려 보겠다고 각종 음식을 해 대고 사방팔방으로 뛰어다니다가 당신이 입원해야 할 지경에 이르렀다. 그제야 나는 휴가를 내고 부모님을 보러 갈 생각을 했다.

부모님이 머물고 있는 곳은 솔향기가 짙게 배인 황토집이었다. 아버지는 야위어 있었고, 엄마는 지친 기색이 역력했다. 이게 우리 가족이라니 믿을 수가 없었다. 엄마는 암에 좋다는 차를 끓이고 있었고 아버지는 프라이팬 가득 구운 마늘을 억지로 삼키고 있었다. 나는 아버지와 마주 앉아 잠깐의 침묵을 깨고

검게 변한 마늘을 집어 입에 넣었다.

"아빠, 이거 생각보다 맛있네. 나도 같이 먹을까 봐."

창밖을 응시하는 아버지의 눈빛이 불안하고 소심해 보였다.

몇 달 뒤, 부모님은 고향 근처의 요양원으로 거처를 옮겼다. 비행기를 타고 차량 지원까지 받았다고 해서 수월하게 옮긴 줄 알았다. 그런데 아버지가 갑자기 고열이 나서 급박한 상황이었고 엄마는 너무 놀라 반실신 상태였다고 나중에야 소식을 들었다. 중환자인 아버지와 지친 어머니가 먼 길 이동하는데 왜 나는 가 볼 생각조차 하지 않았을까. 나는 그때 뭘 하고 있었을까. 아마도 평소처럼 회사에 있었거나 누군가를 만나는 중이었겠지. 아버지가 삶을 포기해야 할 상황이었는데 나는 아무것도 포기한 게 없었다.

뒤늦게 요양원을 찾았다. 엄마는 그곳에서 만난 분들의 다양한 이야기를 들려주었다. "누구는 이래서 나았대. 누구는 이렇게 해서 효과를 봤대." 희망은 때로 참 잔인하다. 핏기 없는 얼굴에 애써 미소를 띠고 있는 환자들은 아버지와 꼭 닮아 있었다. 그 요양원이 암 치료를 위한 수많은 시도와 실패 끝에 마지막으로 찾는 곳이라는 걸, 대부분의 사람들이 죽음과 함께 그곳을 떠난다는 걸 엄마는 그때 알고 계셨을까.

아버지가 마지막으로 머물렀던 장소는 응급실이다. 맥박과 혈압이 계속 떨어져서 응급실로 옮겨졌는데 그때도 아버지는 엄마의 의지에 따라 자연 치유 요법의 하나라는 과일 관장에 이어 커피 관장을 하기 위해 호스 같은 걸 꽂고 있었다. 예전의 모습을 찾기 힘들 만큼 야위었는데, 약한 숨소리와 메마른 피부를 보고 있으니 몇 년 전에 돌아가신 외할머니가 떠올랐다. 죽음을 앞둔 사람의 모습은 거의 비슷비슷하다.

마지막 순간, 아버지는 맥박이 점점 약해지고 심한 고통이 찾아오는 듯 몸 전체가 반복적으로 거칠게 흔들렸다. "일어나 봐요!"라고 부르짖는 엄마의 울음이 공허하게 돌아왔다. 동생은 고개를 떨구고 내 손을 잡았다. 진짜 아버지가 세상을 떠나는 건가. 새벽 몇 시쯤, 앳되어 보이는 의사가 더듬으며 말했다.

"어, 환자분 맥박이 20 아래로 떨어졌습니다. 어, 이럴 때는 맥박이 있기는 하지만 사실상 사망하신 것으로 어, 환자가 사망하셨습니다."

그렇게 아버지는 떠났다. 특별할 것은 없었다.

얼마나 지났을까. 아버지의 시신은 염을 하기 위해 지하 어딘가로 옮겨졌다. 푸른빛이 감도는 금속 테이블이 차가워 보여서 신경이 쓰였지만 장례지도사의 엄숙한 표정에 뭐라고 말을 할 수가 없었다.

"쿵− 턱, 스윽− 턱."

젊은 장례지도사 두 명이 익숙한 솜씨로 시신을 만지고 닦고 또 수의를 입혔다. 관을 덮기 전, 마지막으로 고인의 얼굴을 확인하고 뚜껑을 닫더니 장녀인 나를 불러 까만색 모나미 유성 네임펜을 건넸다. 영문을 모르고 펜을 들고 서 있자 아버지의 이름을 직접 적으라고 했다. 시신이 바뀌는 걸 방지하기 위해서 라나. 나는 투박한 관의 머리맡에 서서 천천히 허리를 숙였다. 평소 글씨체가 예쁘다는 소리를 들었던 나다. 그런데 나무관의 표면이 울퉁불퉁해서 손끝이 마구 떨렸다. 장례식장 담당자의 말대로 더 좋은 관을 쓸걸 그랬나 하는 생각을 하며 익숙한 이름 석 자를 천천히 써 내려갔다. 글씨가 영 맘에 들지 않았다. 할 수만 있다면 알코올을 부어 지우고 다시 쓰고 싶은 마음이 간절했다. 하지만 이미 써 버린 글자는 다시 돌이킬 수가 없었다. 하긴, 돌이킬 수 없는 일이 이뿐이겠는가.

나는 아버지와의 헤어짐을 위해서 준비한 것이 아무것도 없었다. 이별은 이전에 끊임없이 예고를 보내 왔지만 나는 계속 등을 돌리고 서 있었다. 왜 아버지가 떠날 거라는 걸 인정하지 못했을까. 마지막 여행이라도 다녀왔더라면, 그래서 아버지의 이야기를 한마디라도 더 들었더라면, 조금이라도 현명하게 준비를 했더라면. 못난 시간이 삐뚤빼뚤 박힌 것 같은 관 위의 글자를 한없이 노려보았다. 가슴에서 솟구친 뜨거운 기운이 목구멍을 타고 코끝이 아리고 두 눈에 눈물이 고였지만 삼키고 또 삼 켰다. 울 자격도 없는 딸이었다.

그로부터 일주일, 한 달 시간이 지나갔다. 수년이 지난 오늘 까지도 여전히 나는 눈물을 내뱉지 못하고 삼키고만 있었다. 아버지와의 이별을 기억하는 것은 곧 가장 이기적이고 못난 나 를 돌아보는 일이었다. 돌이킬 수 없기 때문에 돌아보기도 두려 웠다. 나의 기억으로부터, 눈물로부터 그렇게 아버지를 외면해 버렸다.

세월호가 침몰한 지 벌써 1년이다. 지난 1년 동안 참혹한 죽 음의 소식에 안타까워하면서도 정작 나는 희생자들의 사연 한 줄 제대로 읽지 못하고 있었다. 아버지의 죽음도 제대로 직면하 지 못했던 내가 과연 그들을 위해 울 자격이 있을까 하는 생각 이 컸기 때문이다. 하지만 이제는 조금 알 것 같다. 그들을 제대 로 기억하기 위해서라도 내 아버지를 다시 기억해야 한다는 것 을. 그때의 나를 돌이켜 반성하고 지금 내 앞에 놓인 애도의 순 간들을 놓쳐서는 안 된다는 것을. 이 글은 부끄러운 그때의 나 와 정직하게 대면한 오늘의 기억이다. 이제야 아버지의 영정 앞 에서 실컷 울 수 있을 것 같다. 그리고 그들을 위해서도 마음껏 울 수 있을 것 같다.

※ 백일홍의 의미는 '떠나간 님을 그리다'입니다.

친구와
이웃의
마지막 순간

예술이 삶이 된
그의 마지막

박은미

　설 연휴 마지막 날, 친정에서 여유로운 아침을 맞으며 단체 대화방의 메시지를 뒤늦게 확인했다. 그리고 새벽 4시 30분경에 온 문자를 보고 나는 털썩 주저앉고 말았다.

　'윤 샘께서 조금 전 운명하셨습니다.'

　그의 투병 소식을 알게 된 건 불과 한 달 전 방송을 통해서였다. KBS '강연 100℃' 방송에 나온 미술 해설가 윤운중 선생의 모습은 이전보다 수척해져 있었다. 그의 얼굴을 보고 요즘 강연과 공연으로 많이 바쁘신가 보다 했는데 암 투병 중임을 담담하게 고백하는 모습을 보고 깜짝 놀랐다. 죽음을 눈앞에 두고도 두려워하지 않는 그의 모습을 보고 나는 왠지 가슴이 아팠다. 그로부터 한 달 뒤 윤운중 선생은 48세의 젊은 나이로 그가 사랑하고, 그의 전부였던 예술의 꽃을 못다 피운 채 안타깝게 세상을 떠났다.

'루천남, 유럽 도슨트계의 전설, 걸어 다니는 백과사전, 콘서트마스터.'

이 모든 수식어는 바로 루브르박물관을 천 번이나 가 본 미술 해설가 윤운중을 가리키는 말이다. 그는 한국인 최초 유럽 5대 미술관 해설 경험이 있으며, 10여 년간 현장에서 미술 해설을 했다. 그가 만난 관광객도 4만 명이 넘는다. 한국에 돌아와서는 국내 최초로 음악과 미술을 접목한 아르츠 콘서트를 진행하는 콘서트마스터로 활동하며 유럽 미술관 해설 경험을 담은 『윤운중의 유럽 미술관 순례』를 출간하기도 했다.

사실 그는 고흐와 고갱이 형제인 줄 알았을 정도로 미술에 문외한이었다. 공고를 졸업하고 대기업 연구소에서 12년간 연구원으로 일하면서 외환 위기에도 운 좋게 회사에서 살아남았지만 안정된 생활을 버리고 새로운 인생을 시작했다.

"1만 시간, 남들 하는 거 하면 전문가는 되죠. 그런데 그 전문가는 나 말고도 많잖아요. 같은 일을 하는 사람 중에서도 등한시하고 안 하고 신경 안 쓰는 부분이 무엇일까 늘 생각했어요. 그래서 유럽의 모든 미술관을 모두 해설할 수 있는 능력을 키우자고 생각하며 유럽의 10대 미술관을 돌며 공부했어요. 제가 다른 사람과 조금 다른 점은 생각하면 바로 한다는 것, 실행을 한다는 겁니다."

2014년 2월 SBS 스페셜 작심 1만 시간이라는 프로그램에 나왔을 때 그가 한 말이다. 윤운중 선생이야말로 몸소 1만 시간의 노력을 보여 준 사람이었다. 남들이 하지 않는 블루오션을 개척해서 10년 동안 꾸준히 노력하고 결국 다른 사람들에게 인정받았다. 2003년 37세에 미술관 투어 가이드를 시작해 10년 동안 현장을 뛰면서 공부했고, 인정받는 미술 해설가가 되어 인간 승리의 모습을 직접 보여 주었다.

그의 인생사를 보면 나와도 닮은 점이 있는 듯하다. 올해는 내가 대기업 연구소에서 일한 지 12년째이다. 하루하루가 힘든 건 아니지만 정말 이 길이 내 길인가 하는 회의감을 느끼며 회사를 다니고 있다. 그만두겠다는 생각은 수백 번도 더 했지만 용기가 나지 않았다. 회사에 소속되어 있다는 안정감과 매달 꼬박꼬박 들어오는 월급이 나를 옴짝달싹할 수 없게 만들었다. 그래서인지 그의 용기와 결단이 부러웠고 나도 언젠가 그처럼 회사를 박차고 나와서 좀 더 멋진 인생을 살고 싶었다. 윤운중 선생은 나의 롤 모델인 셈이었다. 그를 보며 단순하게 일이 재미없으니 그만두겠다는 생각 대신에 나도 하고 싶은 일을 찾아

윤운중 선생의 '유럽 미술관 순례로 보는 역사 예술 기행' 강연 모습

우리는 매일 즐거움과 쾌락을 추구하지만
마음 한곳이 허전합니다.
삶의 허전함과 외로움을 해소해 주는 것이 예술입니다.
예술은 특정한 사람들만의 것이 아닙니다.
일상에서 느끼는 고통의 무게를 예술이 치유해 줍니다.

2장 · 친구와 이웃의 마지막 순간

그 일에 10년이라는 시간을 들여 보겠다는 결심을 하게 되었다. '생각하면 바로 실행하라'는 그의 말과 경험은 내 인생의 고비마다 내게 큰 자극과 힘이 될 것이다.

내가 윤운중 선생과 인연을 맺은 건 1년 반쯤 전 '느림보 학교'라는 교육 카페를 통해서였다. 그곳에서 자문위원과 운영위원으로 처음 만났다. 나는 미술은 내 삶과 동떨어진 미지의 세계라고 생각하며 살던 사람이었다. 그런데 그의 유럽 미술관 강의를 들은 첫날, 나의 몸과 정신은 설렘과 흥분으로 전율했다. 마치 신세계를 경험한 것과 같았다. 나의 미술에 대한 소양과 경험은 그를 만나기 전과 후로 나눌 수 있다. 미술이란 소위 교양 있는 사람들만 즐기고 향유하는 예술이라 생각해 왔는데 그의 미술 해설을 들은 후에 나는 미술에 대한 막연한 두려움을 넘어 그림 보는 재미를 조금씩 알아 갔다. 또한 그가 진행하는 아르츠 콘서트를 관람하며 음악과 미술이 인간에게 어떤 위로와 감동을 전해 주는지, 그 위로와 감동이 살아가는 데 얼마나 큰 힘을 주는지 느끼게 되었다. 또 예술이 우리의 삶과 동떨어져 있는 것이 아니라 스스로 즐길 마음의 준비만 있으면 누구나 쉽게 즐길 수 있다는 것을 깨닫게 되었다. 이처럼 윤운중 선생은 내가 미술을 보는 눈을 갖게 해 준 사람이었다. 그런데 그런 그와 작별해야 하는 순간이 찾아온 것이다.

지인들은 서둘러 조문을 갔지만 나는 지방에 있는데다가 다음 날 밤 기차를 예매해 두어 표를 바꿀 수도 없었다. 그저 휴대전화로 장례식장의 모습과 영정 사진, 다녀간 사람들의 소식들을 전해 들을 수밖에 없었다. 선생의 발인은 일요일이었다. 나는 그를 배웅하기 위해 납골 공원으로 가기로 결심했다. 사실 나는 그에 대해 잘 알고 있었지만 그가 나를 기억하고 있는지는 모른다. 딱 한 번 사석에서 대화를 나눈 것이 전부였다. 하지만 그에게 마지막 인사를 하지 않으면 평생 후회로 남을 것 같은 강렬한 이끌림에 일요일 새벽 납골 공원으로 향했다.

조금 일찍 도착해서 영구차를 기다리고 있는데 멀리서 마지막 이별을 하는 사람들의 모습이 눈에 들어왔다. 자욱하게 안개가 끼어 숙연한 분위기 속에 오열하는 가족과 지인들의 모습을 보며 어떤 죽음도 소중하지 않은 것이 없고, 안타깝지 않은 것이 없는 듯했다.

곧 선생을 모신 영구차가 들어왔다. 그의 영정 사진과 납골함을 보고도 실감이 나지 않았다. 웃고 있는 영정 사진 뒤로 긴 추모 행렬이 이어졌다. 선생은 매년 명절을 혼자서 쓸쓸하게 보냈다고 했는데 마지막 명절만은 많은 사람들이 함께해 외롭지 않았을 것이다.

윤운중 선생이 세상을 떠나고 그의 얼굴을 떠올리면 자꾸 엄마의 얼굴이 겹쳐졌다. 납골 공원까지 가서 그를 배웅했던 것도 엄마에 대한 기억 때문일지도 모른다. 16년 전 윤운중 선생과 비슷한 나이 때 엄마는 그와 마찬가지로 암 선고를 받고 두 달 만에 세상을 떠났다. 그때 엄마는 암 선고를 받고 무표정한 얼굴로 굳게 입을 다문 채 마치 삶을 체념한 듯했다. 하지만 선생은 정반대였다. 죽음을 담담하게 받아들이고 준비한 것이다. 병원 세 곳에서 암 말기라는 똑같은 진단을 받고 선생은 그저 "네"라고만 대답했다고 한다. 그러고는 지인에게 자신의 영정 사진은 꼭 포토샵 작업을 해서 멋지게 해 달라고 부탁했다고 한다. 그래서인지 선생이 투병 생활 동안 찍은 사진 중에도 웃고 있는 사진이 많았다. 그는 방송에서 자신이 죽음을 담담하게 받아들일 수 있었던 이유는 그동안 예술을 통해서 죽음에 대해 공부하면서 남들보다 일찍 죽음을 대비하고 있었기 때문이라고 했다. 죽음에 대해 한 치의 두려움도 없는 모습 앞에 내 눈물은 사치처럼 느껴졌다.

윤운중 선생은 암 선고를 받은 이후 2014년 12월 23일 생애 마지막 아르츠 콘서트를 진행하며 마지막으로 박수를 받고 싶다고 했다. 좀 더 일찍 그의 소식을 알았더라면 마지막 콘서트에서 온 힘을 다해 박수와 환호를 보냈을 것이다. 나에게 미술에 대한 호기심을 갖게 해 주어서, 예술이라는 것이 내 삶에 어떤 의미가 될 수 있는지 알게 해 주어서 고맙다고 정말 감사하다고 인사를 전했을 텐데 납골당에 모셔진 그의 주검 앞에 뒤늦게 그 말을 전했다.

'강연 100℃'에서 그는 이런 말을 남겼다.

"인생은 지뢰밭입니다. 하지만 인생의 길을 묵묵히 가는 것이 삶입니다. 1년 지나도 여러분들 앞에 설 수 있다면 중요한 응원군은 예술이 될 것입니다. 우리는 매일 즐거움과 쾌락을 추구하지만 마음 한곳이 허전합니다. 삶의 허전함과 외로움을 해소해 주는 것이 예술입니다. 예술은 특정한 사람들만의 것이 아닙니다. 일상에서 느끼는 고통의 무게를 예술이 치유해 줍니다. 나는 오랜 시간 그런 경험을 했고, 그것이 내 삶을 바꾸어 놓았습니다. 그렇지 않더라도 예술을 가까이하면 여러분의 삶에 오아시스가 될 수 있습니다. 예술을 보는 시각이 부드러워졌으면 좋겠습니다."

윤운중 선생은 평범한 사람이었지만 남다른 열정으로 예술을 자신의 삶 속에서 꽃피웠고, 예술이 어떻게 삶에 반영되는지, 예술이 어떤 가치를 지니고 있는지 몸소 보여 주었다. 예술은 지루하고 난해하다는 편견을 깬 사람이었다.

'인생은 짧고 예술은 길다'라는 상투적인 말은 그의 삶과 죽음을 통해 내게 깊이 각인되었다. 그는 지금 없지만 수많은 강연과 공연에서 알려 준 예술이 주는 위로와 감동에 대한 이야기는 나의 삶 속에서 영원히 살아 있을 것이다. 내게 미술적 소양과 예술을 대하는 부드러운 태도가 조금이라도 있다면 그를 만났기 때문이고, 내 아이들에게 그런 소양과 태도가 조금이라도 전해졌다면 그 또한 윤운중 선생 덕분이다.

훗날 『윤운중의 유럽 미술관 순례』 책을 옆에 끼고 파리의 루브르박물관과 오르세미술관을 누비며 내 아이들에게 그림들을 설명해 줄 날을 상상해 본다. 엄마는 어쩜 그렇게 아는 게 많냐고 묻는 아이들에게 이 모든 것이 윤운중 선생 덕분이라며 그분을 멋지게 소개하고 싶다. 이것이 내가 그분을 애도하는 최선의 방법이다.

그녀는 가고
그들은 남았다

김은희

2012년 가을, 남편은 실내 골프연습장에서 마음이 맞는 사람 몇 명을 알게 되었다고 했다. 하루는 그중 한 분의 딸이 '신이'인데 둘째 수현이와 같은 반이라고 들뜬 목소리로 말했다. 한 동네 사니까 그럴 수도 있겠지 하며 나는 대수롭지 않게 넘겼다.

그 대화를 나누고 해가 바뀌어 3월 어느 날 밤, 아이들이 잠든 뒤 남편은 조심스럽게 말을 꺼냈다.

"신이 엄마 말이야, 위암 말기래. 길어야 6개월."

남편은 나에게 신이를 신경을 써야 하지 않겠냐고 했다. 하지만 친척도 아니고 남의 아이를 챙긴다는 건 쉬운 일이 아니다.

나는 신이 엄마의 암 판정 소식을 강 건너 불구경처럼 흘려버렸다.

신이 엄마가 암에 걸리고 난 뒤부터 학교 상담이나 공개 수업 등은 신이 아빠의 몫이 되었고 그분은 월차나 반차를 내서라도 학교에 가는 일을 거르지 않았다. 가끔 얼굴을 보게 될 때면 유난히 밝게 웃는 신이 아빠가 나는 괜히 마음이 쓰였다.

"신이 엄마는 좀 어때요? 한번 찾아 봬야 하는데……."

"괜찮아요. 그 사람도 아픈 모습 보여 주기 싫은지 누가 찾아오는 거 안 좋아해요."

이렇게 몇 마디 나누는 게 전부였다. 그런데 그해 여름 우리 가족은 신이네 부녀와 함께 강원도로 가족 휴가를 다녀오게 되었다. 정확히 기억나지는 않지만 신이 아빠가 숙소를 제공한다고 하고 신이가 우리 둘째 딸 수현이와 사이가 좋아서 같이 가게 되었던 것 같다.

며칠 같이 지내면서 본 신이는 또래보다 체격이 좋았고 피부도 흰 편이었다. 웃을 때는 눈이 초승달 같이 작아져서 귀여웠다. 하지만 편식이 심해 식탁에서 이것저것 골라낼 때는 살짝 걱정도 되었다. 휴가를 떠나기 전에는 신이를 챙겨야 한다는 마음이 들기도 했는데, 막상 그곳에서 신이는 혼자 하는 것이 당연하다는 듯, 내 손이 가지 않을 정도로 잘해 냈다. 내가 그 아이를 위해 해 준 일이라고는 씻는 걸 도와준 것밖에 없었다. 신이 아빠는 그런 딸을 자랑스러워했는데 그 모습을 보며 나는 '엄마가 아프면 아이는 일찍 철이 들기도 하는구나'라고 생각했다. 그때 신이 엄마는 병원에 입원 중이며 신이 이모가 곁에서 돌봐 주고 있다는 이야기만 들었을 뿐 더 이상 묻지 않았고 그렇게 여행에서 돌아왔다.

병원에서 예언한 6개월이 지나도 신이 엄마는 잘 버텨 냈다. 그런데 이제 괜찮겠다 싶었을 때 갑자기 상태가 급격히 악화되어 응급실로 옮겨졌다. 그리고 신이 엄마는 다시 집으로 돌아오지 못했다. 응급실에 들어간 다음 날 세상을 떠난 것이다.

장례식장 영정 사진 속의 신이 엄마는 밝게 웃고 있었다. 하얀 국화꽃 한 송이를 단 위에 놓고 절을 한 다음, 문상을 간 같은 반 엄마들과 자리를 함께했다. 신이 엄마의 죽음을 가장 안타까워한 사람은 그중에서 가장 나이가 많았던 성은 엄마였다. 하지만 나는 아무 말도 하지 못했다. 신이 엄마를 잘 알지도 못했고 투병 이야기를 듣고도 한 번 찾아가 보지도 못했다. 시어머님 간병만으로도 힘들다고 핑계만 댔다. 솔직히 마흔의 나이에 죽어 간다는 것, 이제 아홉 살 난 딸을 두고 떠난다는 것이 어떤 느낌인지 몰랐다. 아니 알고 싶지도 않았을 거다. 그만큼 나는 타인의 고통에 무디었다.

신이 아빠는 와 주어서 감사하다며 엄마를 화장火葬한다는 것을 신이에게 어떻게 이야기해야 할지 모르겠다고 했다. 둘러보니 신이의 모습이 보이지 않았다. 화장을 지켜보는 것은 신이에게 너무 큰 충격일 거라는 말에 신이 아빠는 신이를 외할머니 집에 맡겼다고 했다. 신이 엄마는 그렇게 한 줌의 재가 되었고 신이 아빠와 신이만 남겨졌다.

그로부터 1년이 지나 나는 신이 엄마를 만나러 갔다. 왜 그런 생각이 들었는지 모르겠지만 꼭 한 번 그녀가 잠들어 있는 하늘쉼터에 가 보고 싶었다. 지난 주 내린 눈이 왕복 2차선 가장자리에 여전히 쌓여 있었다. 공사가 끝나지 않았는지 그곳은 어수선한 분위기였고, 눈이 녹은 곳은 땅이 질척거렸다. 아직 많이 비어 있는 봉안담은 다른 곳과는 달리 실외에 있었다. 이름이 하늘쉼터이니 하늘이 보여야 할 것 같기도 했다.

하나하나 사연이 있는 죽음을 지나 나는 그녀를 찾아냈다. 아래에서 두 번째 줄이라 쪼그려 앉아 그녀의 유골함을 보았다.

'1974년 1월 15일 생, 2013년 12월 15일 졸.'

유골함 옆에는 사진이 든 액자 두 개가 놓여 있었다. 세 살 정도 되어 보이는 어린 신이와 신이 엄마, 신이 아빠가 함께 찍은 가족사진과 결혼 전 친정 식구들과 찍은 것으로 보이는 사진이었다. 살아 있었다면 아내와 엄마 역할뿐 아니라 딸, 동생,

신이 엄마가 잠들어 있는 하늘쉼터

순영 씨, 당신이 있는 그곳은 어떤가요?
언젠가 나도 그곳으로 가겠지요.
남아 있는 사람들은 잘 살고 있으니
걱정하지 말아요.

이모, 외숙모의 역할을 잘해 냈을 터인데 이제 그 자리는 다른 누군가가 대신 채우거나 영영 비어 있겠지. 그런 생각이 들자 눈가가 뜨거워졌다.

1주기를 맞아 신이가 다녀갔는지 아이가 쓴 편지가 유리문에 위태롭게 붙어 있었다. 궁금한 마음에 살며시 펼쳐 보았다.

엄마, 안녕하세요? 저 신이에요. 저는 잘 지내고 있어요. 3월이 되면 4학년이 돼요. 새엄마가 생겼어요. 아빠는 내일 시험을 보셔야 돼서 공부를 많이 해야 한대요. 또 편지할게요.

2014. 12. 15. 신이 올림

4학년이 되는 신이가 떠난 엄마에게 한 글자 한 글자 정성스럽게 눌러쓴 편지였다. 항암 치료를 받기 훨씬 전부터 신이 엄마는 힘들어 하며 누워 있는 날이 많았다고 한다. 그때마다 신이는 외로웠을 것이다. 병마와 싸우는 사람이 가장 힘들겠지만 그런 엄마를 바라보는 어린 딸도 얼마나 힘들었을지 충분히 짐작할 수 있었다. 엄마를 떠나보낸 뒤 보고 싶기도 하고 엄마의 빈자리를 새엄마가 채운다는 게 미안하기도 했을 것이다. 하지만 신이의 이야기를 들어주고 음식을 만들어 주고 숙제를 봐주는 누군가가 생겼다는 소식에 나는 다행이라는 생각이 들었다. 아내가 죽는 순간까지 최선을 다해 돌본 신이 아빠도 신이를 위해, 앞으로의 삶을 위해 미안한 마음은 거두고 새 출발을 하기를 나도 마음으로 응원했다. 편지를 다시 꽂아 두고 신이 엄마의 사진을 보며 나도 마음속으로 편지를 보냈다.

신이 엄마, 당신의 이름을 오늘 처음 알게 되었습니다. 예쁜 이름이네요, 순영 씨! 당신을 만나러 오는 데 좀 오래 걸렸죠? 왠지 미안하다는 생각이 들었어요. 내가 만약 죽음을 앞두고 있다면 아이 때문에 많이 힘들 것 같아요. 또 얼마나 외로울까요. 그래도 피할 수 없는 길이라며 누군가 손이라도 잡아 주면 좋겠다 싶었어요. 그런데 나는 당신의 손을 잡아 주지 못했네요. 미안해요. 순영 씨, 당신이 있는 그곳은 어떤가요? 언젠가 나도 그곳으로 가겠지요. 남아 있는 사람들은 잘 살고 있으니 걱정하지 말아요. 여긴 곧 봄이 올 것 같아요. 거긴 항상 봄인가요?

봉안담을 내려오는 길 한결 발걸음이 가벼워졌다.

※ 이야기 속의 신이와 신이 엄마의 이름은 모두 가명입니다.

친구 대신 보내는
마지막 인사

최동영

1998년 봄 친구 동민이는 외가가 있는 제주도로 나를 초대했다. 그때 동민이는 10월에 군 입대를 앞두고 있었다. 나는 공항에서 동민이를 만나 4일 동안 묵을 동민이 이모님 댁으로 향했다. 그리고 짐을 풀고 식사를 하러 간 식당에서 동민이 어머니를 처음 만났다.

동민이 부모님은 동민이가 일곱 살 때 별거를 했는데 어머니는 전라도 광주에서 식당을 하고 계신다고 했다. 내가 갔을 때는 때마침 제주도에 일이 있어서 오신 거였다. 반찬이 모자랄까 밥이 적을까 계속 신경을 쓰시는 동민이 어머니의 눈길은 동민이만을 바라보고 있었다.

식사를 마치고 우리는 제주도 관광을 시작했다. 유채꽃으로 유명한 제주도답게 어느 곳이나 엽서 속 사진처럼 아름다운 풍경을 선사했다. 여행 마지막 날, 우리는 서귀포를 돌아보기로 했다. 마침 주말이라 동민이 이모님은 직접 운전을 해서 가이드를 해 주셨고 동민이 어머니도 함께였다. 그런데 내일 광주로 돌아가시는 어머니를 꼭 보고 싶다는 친구분의 전화에 동민이 어머니는 난처해하면서 동민이에게 택시비를 줄 테니 너희끼리 택시를 타고 돌아보면 안 되겠냐고 했다. 사실 기분 상할 일도 아니었다. 그런데 동민이는 친구들을 제주도까지 불렀다는 책임감 때문이었을까 어머니에게 불같이 화를 냈다. 친구들이 왔는데 잘해 준 것도 없지 않냐며 소리를 질렀고 이후 두 사람은 말을 하지 않았다. 동민이 어머니와는 서귀포에서 헤어지고 우리는 제주도에서의 마지막 밤을 불편한 마음으로 보내고 서울로 돌아왔다.

그로부터 몇 달 뒤 동민이의 입소 전날 우리는 부산에서 술잔을 기울였다. 밤바람이 꽤 차가워졌지만 해운대 모래사장에 앉아 해가 뜨기를 기다리고 있었다. 그때 동민이가 어렵게 입을 열었다.

"제주도에서 나랑 엄마랑 싸웠던 것 기억나?"

"기억나지. 그때 네가 너무했어."

"나 그때 이후로 한 번도 어머니를 못 만났어. 전화가 한 번 왔었는데 내가 먼저 끊어 버렸어."

"어머님이 상처가 크시겠다. 군대 가면 꼭 편지 써."

"그래야지. 지금 생각하면 미안하고 죄송스러워. 추석 때 혼자 있는 게 외로웠는지 엄마가 술에 취해 전화를 했더라고. 몇 마디 하다가 갑자기 사랑한다고 말해 보라고 하는데 주위에 친척들이 많아서 그럴 수 없었어. 자꾸 재촉해서 말없이 수화기를 내려놨는데 일주일 뒤에 이모가 전화를 했더라고. 어머니가 쓰러져 병원에 입원했다고. 그런데 차마 병원에 못 가겠더라."

어느새 주위는 환하게 밝아 있었다. 우리는 택시를 타고 창원에 있는 훈련소로 향했다. 마지막 인사를 하고 훈련소로 들어가는 동민이의 뒷모습은 무척 쓸쓸해 보였다.

동민이를 다시 만난 건 1999년 2월 제주도에서였다. 입대한 지 이제 3개월이 조금 지났을 때였다. 동민이는 군복 위에 상복을 입고 머리에 두건을 쓰고 있었다. 그리고 동민이 어머니는 영정 속에서 환하게 웃고 있었다. 동민이와 맞절을 하는데 통통 부은 눈으로 하염없이 울고 있는 동민이를 그저 안아 줄 수밖에 없었다. 나 또한 흐르는 눈물을 참을 수 없었다.

겨우 감정을 추스르고 식당으로 가서 앉아 있는데 동민이가 다가왔다.

동민이가 어린 시절 어머니와 함께

동민이 어머니는 영정 속에서 환하게 웃고 있었다.
동민이와 맞절을 하는데 퉁퉁 부은 눈으로
하염없이 울고 있는 동민이를 그저 안아 줄 수밖에 없었다.

"그때가 마지막이 될 거라곤 상상도 못 했어."

동민이는 그 말을 내뱉듯이 하고는 눈물을 훔치며 밖으로 나가 버렸다. 나도 찬 공기라도 쐬고 싶어 밖으로 나가려다가 유리문 너머로 울고 있는 동민이를 봤다. 동민이는 하늘을 향해 중얼거리며 울고 있었다. 내가 어떤 말로 위로할 수 있을까. 그저 잠시 혼자 두어도 좋겠다 싶어서 빈소로 돌아와 동민이 여동생을 만났다. 동민이 어머니와 꼭 닮은 모습이었다. 동민이 여동생을 통해 동민이 어머니가 감기로 병원에서 치료하던 중 다른 병이 발견되어 합병증으로 돌아가셨다는 이야기를 들을 수 있었다. 동민이 어머니는 동민이가 그리워 하루에도 몇 번씩 김종환의 노래 '사랑을 위하여'를 들으셨다고 한다. 병원 사람들이 모두 동민이를 알 정도로 자랑을 하고 다니셨고, 동민이 때문에 살아야 된다는 말을 입버릇처럼 말했다고 했다. 그리고 눈을 감기 전에 "동민이에게 미안하다고 전해 줘"라는 말을 이모님께 남겼다고도 했다.

언젠가 내가 어머니와 여자친구 문제로 크게 싸운 적이 있었다. 나는 너무 화가 나서 "가족보다 여자친구가 더 소중하다"고 소리치고 집을 뛰쳐나와 버렸다. 그때 동민이와 함께 있었는데, 내가 하소연을 하니 동민이가 가만히 듣다가 말했다.

"동영아, 너 지금 이후로 어머니를 다시는 볼 수 없다면 어떡

할래?"

그 말을 듣자마자 머리를 한 대 맞은 듯한 기분이 들었다. 벌떡 자리에서 일어나 어머니에게 전화를 걸어 잘못했다고 사과를 했다. 다시 볼 수 없다는 상상만으로도 눈물이 쏟아질 것만 같았다.

동민이는 어머니를 떠나보내고 나보다 훨씬 어른이 된 것 같았다. 가끔 동민이의 가족들을 만나면 동민이의 변화에 놀라는 눈치였다. 동민이는 어머니의 죽음을 통해 사람은 언제나 죽을 것이고, 가족 또한 반드시 언젠가 죽는다는 깨달음을 얻었다. 하지만 우리는 이별의 순간을 알지 못한다. 그래서인지 죽음이 찾아왔을 때 비로소 울면서 후회한다.

나 또한 가까운 이의 죽음을 받아들여야 할 날이 올 것이다. 그때 후회하지 않기 위해 매 순간을 사랑하며, 행복하게 살아가려고 한다.

글을 쓰기 전 동민이에게 네 사연을 써도 되냐고 물었더니, 좋다고 승낙하면서 한 가지 부탁이 있다고 했다. 어머니에게 꼭 해야 할 말이 있었는데 못해서 가슴에 상처가 된 말, 그 말을 내게 대신 해 달라는 것이었다.

"어머니, 사랑해요."

살고 싶다는 희망을
내게 남기고

한준

　대학 입학식에서 누군가 내게 말을 걸어왔다. 사자머리에 무테안경 아래로 보이는 여드름, 스웨터와 면바지 차림으로 어깨를 들썩거리며 입을 가리고 웃는 그의 웃음소리에 낯선 곳에서의 긴장이 사라졌다. 그 친구는 자기 이름이 노지상이라고 했고, 말할 때마다 쑥스러워하며 '움핫핫핫'이란 웃음소리를 냈다. 지상이는 본인 이름보다 '노구리'로 불렸는데, 학생식당에서 반찬으로 나온 메추리알을 입에 잔뜩 넣고 말을 하다 지독한 방귀 냄새가 입에서 나 친구들이 지어 준 별명이었다. 가끔씩 공상에 빠지거나 너무 진지해 탈이었지만, 그러다가도 엉뚱한 행동을 해서 친구들을 웃게 했고 주위 사람들을 편하게 해 주는 순수한 청년이었다.

　나와는 스포츠라는 취미가 같아서 친해졌다. 지상이는 축구, 나는 야구광이어서 스포츠 이야기를 하다 보면 시간 가는 줄 몰랐다. 게다가 좋아하는 여자 앞에서는 표현을 못하고 쩔쩔맨다는 것도 똑같았다. 그때 우리 앞에 나타나 연애 기술을 알려준 친구가 있었는데 바로 혁이다. 무뚝뚝하지만 남자다워 인기가 많던 혁이는 자신의 연애 경험을 우리에게 자세히 들려주었다. 우리 셋은 모이면 주로 축구 오락 게임을 했는데, 집이 같은 방향이라 같이 통학을 하면서 금세 친해졌다. 우리는 서로의 모습을 있는 그대로 이해하고 존중하는 사이였다.

　친구들 중에서는 지상이가 가장 먼저 입대했다. 여린 성격에 군에 잘 적응할지 걱정이었는데 지상이는 첫 휴가 때에도 변함없이 '움핫핫핫' 웃고 있었다. 웃음소리가 분대원들에게 전파가 됐다는 말에 잘 지내고 있는 것 같아 안심했다. 얼마 뒤에는 분대장 견장을 달고 나타나 곧 전역이라고 했다. 지상이는 제대하자마자 일본 여행을 가고, 실컷 축구 게임을 하자며 눈빛을 반짝였다. 하지만 그 계획들은 모두 물거품이 되고 말았다. 전역을 3개월 앞두고 지상이는 부대에서 작업을 하다 급성백혈병으로 쓰러졌다.

　덕분에 일찍 제대했지만 지상이는 병원에서 백혈구와 사투를 벌여야 했다. 면회가 되지 않는 무균실에서 지내야 했기 때문에 만나러 갈 수도 없었다.

그렇게 지상이의 시계가 멈춰 있을 때 나는 세상으로 더 나아가고 있었다. 편입 후 새로운 환경에 적응하고 밤에는 아르바이트를 하느라 정신이 없었다. 게다가 혁이마저 해외로 유학을 떠나면서 셋이 함께했던 대학 생활은 추억으로 남겨졌다. 가끔씩 친구들을 통해 지상이가 병원에 잘 있다는 소식만 듣고 있었다.

몇 개월 뒤 평소처럼 미니홈피 방명록을 확인하는데 눈을 의심했다. 방명록에 지상이 글이 남겨져 있었다. '준아, 요즘 살 만한가?'로 시작하는 글은 마치 아무 일도 없었던 듯 전역 후 함께 하기로 했던 축구 게임을 하자는 안부 글이었다. 그렇게 침묵을 깨고 노구리는 돌아왔다.

막 병원을 퇴원해서 외출을 할 수 없었지만 지상이는 집에서 셀카를 찍어 미니홈피에 올리며 자신의 복귀를 알렸다. 친구들은 '썰렁하다', '노구리답다'는 댓글로 그를 맞았다. 때마침 혁이도 유학을 마치고 돌아왔다.

얼마 뒤 우리 셋은 꽃이 흐드러지게 핀 봄날 공원에서 만났다. 오랜만에 본 지상이는 살이 조금 빠졌을 뿐 '웅핫핫핫' 웃음소리는 그대로였다. 그런데 눈빛이 좀 달라져 있었다. 호수와 꽃,

지나가는 사람들에게 각기 다른 표정으로 반응했다. 마치 순간 순간을 놓치고 싶지 않은 듯했다. 지상이가 짬뽕이 먹고 싶다고 해서 중국집으로 자리를 옮겨 그동안 밀린 이야기를 했다. 축구, 연애, 학교 이야기는 물론이고, 지상이의 군대 이야기도 들을 수 있었다. 잊고 싶은 곳일 줄 알았는데 며칠 전 후임을 만나러 부대에도 다녀왔다고 했다.

식사 후 우리는 축구 게임을 하러 갔다. 지상이는 여전히 게임 실력이 형편없었지만 그동안 아팠다고 봐주지 않았다.

"아, 분하다. 연습해 올 테니 조만간 또 하자고, 움핫핫핫."

지상이의 말에 이제 자주 볼 수 있을 거라고 생각했다. 하지만 그게 지상이와 마주하는 마지막 날이었다.

그 뒤로도 연락은 주고받았지만 시간이 엇갈려 만나지는 못하고 있던 차에 다른 친구로부터 청천벽력 같은 소식을 들었다. 백혈병이 재발했는데 이번에는 어려울지 모른다는 것이다. 그렇게 가기 싫던 학교가 가고 싶다던 지상이는 강의실 대신 병원으로 가게 되었다. 지상이를 위해 해 줄 게 아무것도 없다는 사실에 나는 화가 났다.

몇 달 뒤 휴대전화에 '노지상'이라는 이름이 떠서 얼른 전화를 받았다. 지상이는 망설이다 어렵게 말을 꺼냈다.

"준아, 혈액형이 뭐야?"

그러면서 수혈이 필요하니 도와줄 수 있겠냐고 물었다.

"내 피가 너한테 가는 거야? 우리는 그럼 피를 나눈 사이가 되는 건가?"

나는 일부러 목소리를 높여 분위기를 띄우려 했지만 지상이는 '움핫핫핫' 웃음소리 대신 그저 고맙다는 말만 했다.

며칠 뒤 찾아간 무균병동 앞에는 '손 소독, 마스크착용, 면회금지' 등 주의 사항이 적혀 있었다. 손을 씻고 온몸을 소독하는 에어샤워 바람을 맞은 후 소독 모자를 써야 안으로 들어갈 수 있었다. 그 안에서 홀로 있는 지상이는 얼마나 외롭고 두려울까? 나는 동의서에 사인하고 혈액과 혈소판 헌혈을 했다. 지상이는 외부와 격리된 상태라 만날 수 없었다. 대신 지상이 어머니를 만났다. 어머니는 지상이의 투병 생활과 병이 재발한 이유를 설명해 주시며 헌혈을 해 줘서 고맙다고 하셨다.

"덩치도 크고 건강해 보이는 네가 부럽구나. 지상이도 너처럼 학교에 다니면 좋을 텐데……. 국가 유공자가 되면 뭐해. 건강을 빼앗겼는데. 완치만 된다면 국가 유공자 자격이랑 바꾸고라도 싶다."

지상이 어머니의 말은 돌아오는 내내 가슴을 콕콕 찔렀다. 건강하지 않으면 많은 부와 명예 따위가 무슨 소용이란 말인가. 하지만 나는 굳게 믿었다. 내 피를 수혈 받았으니 지상이는 보란 듯이 일어날 거라고. 그리고 얼마 뒤 지상이가 방명록에 며칠 전에 무균실에서 나왔다며 피를 줘서 고맙다는 글을 남겼다. 그 글을 보는 내 눈엔 기쁨과 희망의 눈물이 흘렀다. 무균실에서 나왔으니 이제 조금만 힘을 내면 세상으로 나올 수 있지 않을까 기대했다. 하지만 그 글이 친구의 마지막 소식이었다.

몇 달 뒤인 12월의 추운 겨울날 결국 지상이는 눈을 감았다. 정신없이 도착한 장례식장은 차분한 분위기였다. 늦은 밤이라 조문객은 많지 않았고, 단체로 조문 온 대학 동창들만이 자리를 지키고 있었다. 오랜만에 만난 동창들은 반가움이나 안부를 묻는 것도 잊고 어떤 말을 꺼내야 할지 찾는 듯했다. 스물다섯, 영정 속 친구의 얼굴은 나에게 익숙하지 않은 '죽음'의 의미를 묻고 있었다. 친구의 얼굴을 차마 똑바로 보지 못한 채 절을 하고 지상이 어머니와 마주했다. 내 얼굴을 보자마자 지상이 어머니는 나를 붙잡고 목 놓아 울었다.

"우리 지상이 어떻게 하니. 네가 피도 줬는데 왜 못 일어났다니, 왜……."

영정 사진 속 친구는 불과 몇 걸음 밖에 떨어져 있지 않았는데 다가갈 수 없이 멀게 느껴졌다.

자리에 앉아서도 우리들은 음식을 입에 대지도 못하고 넋을 놓고 있었다. 그러자 지상이 어머니는 "너희들이 먹는 게 지상

지상이가 살아생전 마지막으로 떠난 일본 여행에서

지상이는 그토록 원하던 마지막 소원인
'살고 싶다'는 희망을 나에게 넘기고 떠난 것이다.
지상이가 품은 꿈을 잊지 않고
친구 몫까지 최선을 다해 살아야 한다.

이를 위한 거다"라며 한술이라도 뜨라고 했다. 하지만 도무지 음식을 삼킬 수 없었다.

화장장으로 가는 날, 지상이의 무게를 느끼며 관을 운구하면서 친구를 떠나보내야 한다는 것을 실감했다. 지상이의 육신이 한 줌의 재로 변한다고 생각하니 삶이 덧없게 느껴졌다. 그 순간 나는 갑자기 살고 싶어졌다. 지상이 어머니가 왜 먹는 게 지상이를 위하는 거라는 말을 했는지 그제야 알 것 같았다. 지상이는 그토록 원하던 마지막 소원인 '살고 싶다'는 희망을 나에게 넘기고 떠난 것이다. 지상이가 품은 꿈을 잊지 않고 친구 몫까지 최선을 다해 살아야 한다.

지상이의 관이 화장되는 순간 정신없이 울었다. 그리고 마음속으로 지상이에게 외쳤다.

'노구리! 네 몫까지 행복할 거야. 지켜봐.'

한 시간이나 지났을까? 지상이는 재가 되어 내 앞에 나타났다. 친구의 유골을 수습해 화장장을 나설 때 나는 그 앞에서 어깨를 들썩거리며 입을 가리고 웃었다. '움핫핫핫.' 지상이 특유의 웃음과 따뜻함을 잊지 않으리라는 다짐이었다.

지상이가 떠난 지도 벌써 8년이 지났다. 축구를 볼 때나 공원을 거닐 때 가끔씩 '노구리'가 떠오른다. 혁이에게 지상이가 보고 싶냐고, 그 이유는 뭐냐고 물은 적이 있다. 혁이는 "지상이가 기억하는 나의 모습으로 기억해 주는 다른 사람이 없어서"라고 대답했다. 나는 살아갈수록 힘든 일이 많지만 소주 한 잔 하면서 이야기를 나눌 친구가 없어서 지상이가 그립다.

지상이의 미니홈피에는 '보고 싶고, 알고 싶고, 이해하고 싶다는 욕구의 분출' 『르네상스를 만든 사람들』이라는 말이 적혀 있다. 이 말은 아마도 지상이가 남긴 세상을 향한 유언일 것이다. 그는 마지막 순간까지 세상을 궁금해했다. 어떤 일이 벌어질지 모르는 미지의 세상에서 살아 있기에, 좌절하고 상처를 입어도, 덧나고 아물면서 교훈을 얻고 배우며 살아가는 것만으로도 행복한 일이라고 지상이는 죽음을 통해 나에게 알려 주었다. 나의 친구는 하루하루 보고, 알고, 느끼며 열정적으로 살아가라는 충고를 남기고 영영 떠났다.

늦어 버린
마지막 인사

허영택

K 형에게.

올해는 유난히 설이 늦어 2015년을 맞이하고 2월이 반을 넘어서야 비로소 출발선에 선 기분입니다. 잘 지내요? 저는 결국엔 노래의 길을 가고 있어요. 글 쓰는 일에 아직 미련을 못 버린 채로 말이죠.

'다독多讀, 다작多作, 다상향多商量(많이 읽고, 많이 쓰고, 많이 생각하라).' 문예반 시절 아마도 형에게 이 말을 처음 들었던 것 같아요. 풋풋한 고등학생 시절부터 꾸준히 실천해 왔다면 지금쯤 글 쓴다고 거드름을 피우지 않았을까요. 이렇게 글에 미련을 버리지 못한 채로 살아가는 건 그 시절 형 얘기를 가볍게 듣고 넘긴 벌이겠죠.

왜 형 생각이 났을까요? 작년 봄, 그 푸르고 맑은 아이들이 수학여행 가던 중에 검푸른 바다 속에서 꼼짝없이 갇혀 버린 엄청난 일을 대책 없이 지켜보면서 가졌던 공분과 슬픔이 채 정리되지 않은 지금, 왜 문득 오래전 아무런 인사도 못 나누고 영원히 떠나 버린 형을 떠올렸던 걸까요. 아마도 제 주위에서 미안하다는 말을 못 하고 떠나보냈던 사람들 가운데 형은 작별의 형식을 미처 갖지 못하고 보냈기 때문인가 봐요.

다른 사람들은 의아하게 생각할 거예요. 벌써 20년이나 지난 이야기잖아요. 게다가 형과 나 사이에는 특별한 추억이 있었던 것도 아니고요. 고등학교 문예반 1년 선후배로 잠시 만났다는 것과, 둘 다 재수해서 같은 대학 동문으로 잠시 같은 캠퍼스를 다녔다는 정도뿐인데. 만약 우리가 대학에서 만나지 않았더라면 형에게 이런 글을 쓰지 않았을지도 몰라요. 캠퍼스에서 형과 우연히 마주칠 때면 '언젠가 술 한 잔 하자'는 약속을 하고 헤어졌던 기억만 없었더라면 말이죠.

형과 처음 만났던 고등학교 시절 나는 입학하자마자 문예반에 미쳐 살았어요. 고등학교를 다닌다기보다 문예반을 다닌다고 말할 정도로 생활의 주춧돌은 문예반이었고 학교 수업은 중심에 닿지 못한 곁가지였어요. 중학생 때부터 작가를 꿈꾸었는데 오랜 전통을 자랑하는 문예반에 들어가면서 저는 꿈을 이루어 가려던 중이었고, 당시 비인기 동아리였던 문예반을 혼자서 이끌어야 했던 고등학교 2학년의 형은 그런 저에게 기대감이 꽤나 컸던 것 같아요. 하지만 형이 혼자서 어떻게든 문예반을 꾸려 나가려는 힘든 상황이라는 걸 알면서도 그만둔 일은 형에게 두고두고 미안하게 생각하고 있어요.

형의 기대를 그토록 한 몸에 받고 있었고, 스스로도 적극적이던 문예반 생활을 1년도 채 안 돼서 접은 이유는 어찌 보면 아주 사소한 것이었어요.

여름방학이 끝나고 2학기가 시작되면서 문예반은 1년 중 가장 중요한 문학회 행사를 앞두고 있었지요. 나는 더욱 열심히 문예반 활동을 하리라 다짐하고 있었는데 같이 문예반에 나가던 친구가 "나, 문예반 그만둘래"라고 말을 꺼냈어요. 당시 제일 친한 친구의 한 마디 말에 왜 그랬는지 모르겠지만 나도 마음이 무너지고 말았죠. 그 말을 들은 저는 마치 주술에 걸린 사람처럼 문예반에 대한 애정과 열정이 사라져 버렸어요. 도무지 납득하기 힘든 감정의 기복이었죠. 나는 오히려 그 친구보다 먼저 문예반을 나와 버렸어요.

아마도 형은 실망과 배신감이 컸겠죠. 그때 문예반을 탈퇴하는 사람은 대걸레 자루를 물에 적셔 열 대를 맞아야 하는 게

1988년 겨울 문예반 친구들과 대부도에서(맨 위에서 두 번째가 나)

죽음은 삶의 반대편에 있는 것이 아니라
그 일부로서 존재하고 있다.

불문율이었어요. 그런 탈퇴식까지 오기로 버티며 나온 뒤로 나는 선배들에게 낙인이 찍히고 말았어요. 그리고 투명인간 취급을 받게 되었지요.

어리다는 건 자신 앞에 놓여 있는 일에만 정신이 팔려 다른 사람의 형편은 고려할 여유가 없다는 건지도 모르겠어요. 문예반 시절 제가 그랬거든요. 그때 제 마음속에 있던 고민들을 형에게 진솔하게 털어놓고 의논했다면 이후 문예반 동기나 선배들에게 부채감이나 트라우마를 느끼지는 않았을 텐데⋯⋯. 형에게 속 깊은 얘기를 털어놓았다면 형이 나를 투명인간처럼 대하지는 않았겠지요. 기대를 저버린 후배에 대한 실망감이 컸으리라 이해하지만 형도 문학을 다양하게 접하고 유연한 사고를 해야 하는 문학도의 모습은 아니어서 서운함이 컸습니다.

형이 이 세상과 스스로 결별했을 때 저는 군대에 갓 입대한 상황이라 작별 인사를 하지 못했어요. 아니, 형이 그렇게 떠났다는 소식은 제대하고서야 들었던 것 같네요. 그래서 형에게 꼭 물어보고 싶은 말이 있어요. 물론 형은 지겹게 들었겠지만 왜 그렇게 열정을 갖고 적극적으로 살던 사람이 그런 안타까운 선택을 한 건가요?

형과 선배들에게 멸시당한 그 시간이 나에겐 깊은 트라우마가 됐지만 대학에 입학해서 형이 법과대 학생회장이란 걸 들었을 때는 무척이나 반갑고 자랑스러웠어요. 문예반 시절부터 전교조 1세대인 형은 자발적인 고등학생 모임을 조직했던 걸로 어렴풋이 기억하는데, 대학에 가서는 문학은 놔두고 학생회 활동에 무척 열심이었잖아요. 그런데 왜 믿을 수 없는 안타까운 선택을 한 거죠?

형 미안해요. 그때 문예반을 나오기 전에 형과 대화로 풀어 보았어야 했는데 정말 미안했어요. 이 말을 하고 싶었어요. 20년 전 형과 술 한 잔 하면서요. 문예반 탈퇴 이후로 제 인사를 한 번도 받지 않던 것처럼 형은 술자리를 함께할 기회조차 주지 않고 가 버리셨군요. 형을 떠올리면 제 마음도 이렇게 아린데, 형을 사랑하는 사람들이 겪었을 뜻하지 않은 이별은 얼마나 가슴 아플까요.

언젠가 철학 수업 시간에 죽음을 일주일 남겨 둔 심정을 리포트로 써서 모든 수강생이 발표했던 적이 있었어요. 자신의 죽음에 대한 세계관이 삶을 바라보는 가치관이라는 걸 절실히 느낄 수 있었던 시간이었어요. 당시 저는 염세적이었고 비관적인 태도로 살아가고 있었어요. 그래서 남들처럼 죽음을 눈앞에 두고 거창한 일들을 의도하기조차 싫었어요.

'죽으면 모든 게 끝인데 뭐가 더 있다고, 가만히 있다가 마음

정리만 하고 가면 될 것을……'

그런데 과연 죽음은 절대적인 허무인가요? 무라카미 하루키의 소설 『상실의 시대』를 내게 인상적인 작품으로 기억하게 하는 문장이 떠오르네요.

'죽음은 삶의 반대편에 있는 것이 아니라 그 일부로서 존재하고 있다.'

인류는 역사 이래로 주일마다 성자의 죽음을 기억하고, 우리는 명절마다 조상들의 죽음을 떠올립니다. 누군가의 죽음을 기억하는 것은 또 하나의 뚜렷한 존재이자 가치이죠. 제가 형을 잊지 않고 기억하는 것은 형의 생애가 저에게 털끝만큼이라도 영향을 끼쳤기 때문이고, 형에 대한 기억이 저를 슬프게 하는 탓일 테죠. 슬픔의 깊이가 형이 제게 남긴 가치일 테고요.

근데 우리가 사이가 나빴던 건 아니었나 봐요. 문예반 탈퇴식에서 제 허벅지를 몽둥이로 때렸던 기억은 가물가물한데, 형과 버스를 타고 도봉도서관에 갔을 때 기억은 생생하네요. 그때 자리에 앉아 가던 형이 서 있는 저에게 가방을 들라고 장난을 쳤잖아요.

이 글로 형과도 제대로 작별하고 싶어요. 형도 그곳에서 잘지내요. 이제 더 아플 일은 없겠죠? 누군가에게 못다 한 말 같은 건 남기지 않도록 온전한 마음의 말을 다 꺼내 놓고 생을 마

치고 싶어요. 그렇게 하려면 기다리지 말고 지금부터 그때그때
바로바로 말해야겠죠.

"미안합니다. 사랑합니다. 고맙습니다."

지우지 못한
전화번호

도선희

　교사 생활을 오래 하다 보면 유난히 기억나는 학생들이 있다. 담임을 했던 반 아이거나 수업 시간에 나를 힘들게 했던 아이들이다. 이전 고등학교에서 첫해 담임한 아이들은 유난히 손이 많이 갔다. 집에 오면 학교일은 잊고 싶은데 그 녀석들은 퇴근 후에도 나를 놓아주지 않았다. 새벽에 걸려 오는 '죽고 싶다'란 전화 때문에 전화기를 머리맡에 두고 자는 날도 허다했다.

　고등학교 1학년인데도 어쩌나 드세고 사건 사고가 많았던지 다음 해 담임을 하겠다고 선뜻 나서는 사람이 없었다. 결국 세 명의 교사가 한 번 잘 해 보자고 의기투합하여 2학년 1, 2, 3반 담임이 되었다. 그 학교는 학생들이 거칠기로 전국에서 세 손가

락 안에 꼽힌다는 ○○공고였다.

1반 선생님은 몇 년째 3학년 담임만 하다가 그해 처음으로 2학년을 맡았다. 같은 2학년 담임을 맡아 수학여행을 같이 가자고 내가 부추길 때마다 그는 "그래요. 그럼 그래야지요"라고만 했다.

그는 'NO'라고 말하는 법이 없었고 집에서나 학교에서나 궂은일을 도맡아서 했다. 출근할 때도 자가용은 아내에게 양보하고 일찌감치 집을 나서 버스를 타고 학교에 왔다. 늦가을 낙엽이 떨어질 때면 더 일찍 와서 주번교사도 아닌데 낙엽을 쓸고 눈 오는 날은 눈을 치웠다. 힘들지 않느냐고 물으면 일하고 나니 오히려 개운하다고 했다. 아침마다 제시간에 출근하기 바쁜 나로서는 이해하기 힘들었다.

1반 교실에 들어가면 그가 칠판에 꼼꼼하게 써 놓은 메모가 있었는데 성격이 보이는 듯해서 나도 모르게 웃음이 나왔다. 교사들 사이에서 '꼴통 학생들을 휘어잡으려면 둘 중 하나는 해야 한다'는 말이 있다. '무섭거나, 질기거나!' 1반 선생님은 '질긴' 타입이었다.

사람들은 1반 선생님의 꼼꼼한 성격과 세심한 배려를 소심함으로 이야기하기도 하고 그가 감기를 달고 살고 잔병치레가 잦은 게 남들은 안 지키는 예의와 도리를 혼자 지키고 사느라 힘들어서 그렇다고 말했다. 그처럼 평소에는 남을 앞세우는 겸손한 사람이었지만 축구를 좋아해서 운동장에서만큼은 펄펄 난다고 '펠레'라는 별명이 붙었다.

2반 선생님은 천하무적 만능이라 교사와 학생들 모두 그를 '슈퍼맨'이라 불렀다. 담당 과목이 수학인 그는 교직 생활의 대부분을 공고에서만 보내 '공고수학'이라는 별명도 있었는데 국어 선생인 나보다 더 말을 잘하고 유머 감각이 있었다. 문장력도 좋아서 연구보고서를 하룻밤이면 뚝딱 만들어 냈다. 체격이 건장하고 힘도 세서 한창 나이인 고등학생들과 팔씨름을 해도 지는 법이 없었다. 선생이 자기보다 강하다는 것을 안 순간 학생들은 꼬리를 내리는 법이다. 어느 쪽이냐고 하면 2반 선생님은 '무서운' 타입이었다. 하지만 학생들은 선생님을 무서워하면서도 한편으로 존경하고 좋아했다.

학교에서 일 잘하기로 소문난 2반 선생님은 여러 몫을 혼자 하느라 늘 바빴다. 그런 그가 집에서는 치매 걸린 어머니와 암에 걸린 장모를 함께 모시고 있다는 말을 들었을 때 대단하다는 말이 절로 나왔다. 아니라고 손사래를 치며 마음으로 많은 죄를 짓고 있다는 대답에서 그를 누르는 삶의 무게를 잠시 엿본 것 같았다.

2반 선생님 별명이 '공고수학'이라면 3반 담임인 나는 '공고

국어'라는 별명을 가지고 있었다. 대부분의 국어 교사들이 인문계 고등학교에서 입시 지도를 하는 것과 달리 첫 발령을 공고로 받은 나는 그 후로 20년 넘게 공고에서만 근무하면서 거친 남자들의 세계에 적응하고 있었다. 그래도 공고에서 여교사가 걷는 길은 험난했다. 나는 두 선생님을 의지하고 많이 신세를 졌다. 수학여행을 가서 게으른 나 대신 우리 반 애들을 깨운 사람은 1반 선생님이었고, 2반 선생님은 우리 반 애들까지 모두 데리고 산 정상에 올라가 주었다. 주로 내가 신세를 지는 편이었지만 우리 셋은 네 반 내 반 가리지 않고 서로 도왔고 뜻이 잘 맞았다. 학교를 옮길 때가 되어 모두 다른 학교로 가게 되었을 때도 적어도 일 년에 한두 번은 만나자고 약속했다.

그런데 학교를 옮긴 지 일 년도 되지 않았을 때 심상치 않은 소식이 들려왔다. 1반 선생님이 '갑자기 집에 가는 길이 생각나지 않는다'고 하더니 길을 나서는 것이 무섭고 계속 그러면 어쩌나 불안해서 잠을 못 잔다는 것이었다. 걱정이 되어 다른 선생님들과 학교 앞으로 갈 테니 만나자고 했지만 괜히 폐를 끼치는 것 같아 싫다고 했다. 좋아지면 먼저 연락하겠다는 말에 알겠다고만 했다. 깔끔하고 자존심이 강한 그의 성격을 알기에 방학 동안 푹 쉬면 괜찮아질 테니 그때 보자는 말만 하고 잊고 있었다.

2반 선생님 소식은 더 심각했다. 건강 검진에서 위암 판정을 받았다는 것이다. 술, 담배도 하지 않고 늘 활력이 넘쳤던 사람이었기 때문에 주변 사람들은 꽤 충격을 받았다. 가끔 출근길에 전철에서 마주칠 때가 있었는데 위 절제 수술과 항암 치료를 받느라 마른 모습이 안쓰러웠다. 아무거나 먹지 못해 도시락을 두 개나 싸 다닌다고 등에 맨 배낭을 보여 주면서도 큰 고비는 넘겼고 자신의 빠른 회복 속도에 의사들도 놀란다고 했다. 슈퍼맨답게 그의 암투병기도 신화가 되어 갔다.

그러던 중 겨울방학을 하고 일주일쯤 되었을 때 한 선생님의 전화를 받았다. 1반 선생님에게 가자는 말에 약속을 잡았냐고 물었더니 믿을 수 없는 대답이 돌아왔다. 1반 선생님이 심장마비로 돌아가셨다는 것이었다. 아들과 함께 병원에 가기로 하고 방에서 잠깐 쉬는 동안 심장이 멎어 버렸다고 했다. 신세 지고는 못 사는 사람이 차라리 죽는 게 낫다고 생각한 걸까? 그런 마음이 들어 심장이 덜컥 멈춰 버린 걸까?

폐 좀 끼치고 살면 어떠냐고, 당신의 호의를 이용하던 사람들한테 큰소리라도 한 번 치지 그랬냐고. 착하고 성실하게만 살았는데 이렇게 떠나다니……. 못 전한 말이 남아 휴대전화에 저장된 그의 번호를 지우지 못했다.

1반 선생님의 죽음으로 받은 충격에서 헤어나지 못하고 있을 때 친하게 지내던 선생님들의 어머니가 세 분이나 잇달아 돌아가셨다. 마치 죽음이 가까이 있다가 한꺼번에 찾아오는 것만 같았다. 그리고 그 끝에 '슈퍼맨'의 죽음이 있었다.

죽기 전 그는 복막염 수술 후 항생제 부작용으로 한 달이나 중환자실에 있었다. 중환자실에서 일반 병동으로 내려와 면회가 허락되었을 때 병문안을 갔다. 휠체어를 타고 나오는 그의 모습을 보고 깜짝 놀란 나는 면회가 끝날 때까지 한 마디도 하지 못했다. 덩치가 좋았던 사람인데 그의 다리는 내 다리보다 가늘어져 있었다. 내가 아는 사람이 맞나 싶었다. 그는 환각이 보일 정도로 통증이 심해 12층 병실에서 뛰어내리고 싶었다고 했다. 의사가 하루만 더 버티면 가망 있다고 했는데 이겨 냈다고 말하는 목소리에 힘이 느껴졌다.

"죽다 살아났어요. 새 출발해야지요."

그의 말을 듣자 안심이 되었다. 슈퍼맨이니까 그럴 수 있을 거라고, 다른 사람은 못 해도 당신은 할 수 있을 거라고 함께 간 일행들도 맞장구쳤다.

며칠 뒤 '감사합니다. 기도와 후원에 수술 마치고 퇴원하였습니다'라는 문자를 받았다. 뭐라고 해야 할지 망설이다 답장을 보내지 못했다. 그 후 병가 중인 그가 어떻게 지내는지, 얼마나 나았는지 궁금했지만 바쁘다는 핑계로 다시 찾아가지는 못했다. 그리고 몇 달 뒤 그의 부고를 들었다.

연달아 두 사람을 보내고 나는 두려워졌다. 1반 선생님이 돌아가신 다음 해 2반 선생님이 돌아가시자 마치 다음 차례는 나라고 말하는 것만 같았다. 그러다 살아 있음에 안도하고, 한편으로 두 사람에게 죄스러운 마음이 들었다.

모든 죽음은 미련을 남긴다. 아직도 휴대전화에 저장된 두 사람의 번호를 지우지 못했다. 그들이 소중한 존재라는 것을 뒤늦게 깨달았다거나 추억 때문이 아니다. 늘 그들에게 받기만 해서 영원히 갚을 수 없는 빚을 졌기 때문이다. 그 빚을 갚기 위해 살아가며 무엇을 할 수 있을까?

'짐을 나눠 들고 함께 가자. 다음에라고 말하지 말자. 바빠서, 살기 힘들어서라고 변명하지 말자.'

지우지 못한 전화번호를 보며 오늘도 조금씩 빚을 갚는 마음으로 살아간다.

'세월호의 도시'
안산을 뒤덮은 슬픔

우정현

    2013년 10월 17일 나는 세월호에 탔다. 세월호에는 해군기지 건설로 고통 받는 제주도 강정마을에 세워질 평화도서관에 기증하는 3만 5천여 권의 책이 실려 있었다. 400여 명의 승객도 함께였다. 갑판 위에서는 문화제가 열려 북콘서트와 가수들의 공연이 펼쳐졌다. 나는 밤바다와 바닷바람, 달빛을 즐기며 문화제를 지켜보았다.

    객실은 좁고 불편했지만 하룻밤 정도는 지낼 만했다. 다음 날 새벽에는 날이 밝아 오는 배 위에서 신부님이 강정마을의 평화를 바라는 기도를 했다. 그러고도 한참을 더 가서 배는 제주에 닿았다. 그 뒤 사흘을 제주에서 머물렀지만 가장 기억에 남는 건 첫날 배에서 바라본 밤하늘과 문화제 때 들은 오카리나 연주였다. 세월호는 그렇게 잊지 못할 멋진 추억을 내게 선사한 배였다.

그로부터 6개월 뒤인 2014년 4월 16일, 나는 회사 행사 준비를 하느라 정신없이 바빴다. 언론에 보도가 많이 되어야 하는 행사여서 준비를 많이 했는데 생각보다 기자들이 찾지 않았다. 그래서 알아보니 큰 사고가 터져 취재하러 오던 기자들이 걸음을 돌렸다고 했다. 나는 왜 하필 이런 날 사고가 나냐며 답답한 마음이 들었다. 그런데 행사를 마치고 뉴스를 보니 익숙한 배가 바다 속으로 가라앉고 있었다. 승객들은 대부분 수학여행을 떠난 고등학생들이었다.

그때 친구로부터 '안산의 고등학생들이 배에 탔다고 하는데 후배들이 아니냐'는 문자 메시지를 받았다. 그제야 '안산 단원고'라는 글자가 눈에 들어왔다. 순간 가슴이 내려앉았다. 안산의 아이들이 바다에 가라앉고 있는 것이었다.

나는 30여 년을 안산에서 살았다. 그런데 2014년 4월 16일 이후 안산은 그제까지 살아왔던 평범한 도시가 아니라 '세월호의 도시'가 되고 말았다. 그날 이후 안산에는 안부를 묻는 말들이 넘쳐 났다. 누구 아들이 그 배에 탔다더라, 누구 조카는 벌써 장례식을 치렀다더라 하는 말들이 오갔다.

사람들은 세월호 탑승자들이 무사히 돌아오길 기원했다. 하지만 나는 희망을 품을 수 없었다. 6개월 전에 탔던 세월호는 객실과 통로가 좁았으며, 천장이 낮고 문은 여닫는 데 힘이 들었다. 물이 가득 차 있을 세월호를 상상하니 배에서 빠져나오는 건 불가능한 일처럼 느껴졌다.

배 안에서 구조를 기다렸을 아이들을 떠올렸다. 내가 버스에서, 공원에서, 영화관에서 마주쳤을 수도 있는 아이들이었다. 아이들은 학교 수업을 마치고 친구들과 어울려 떡볶이를 먹거나 근처 화랑유원지에서 농구를 즐기고, 친구들과 중앙동을 누볐을 것이다. 그런 평범한 아이들이 배 안에 갇혀 가라앉고 있었다. 희망을 버리지 않아야 하지만 세월호를 아는 나는 그럴 수 없었다.

안산에 온통 슬픔만 가득한 때에 한 친구를 만났다. 입시 학원에서 학생들을 가르치는 친구였다. 그 친구는 다음 달에 결혼을 앞두고 있었다. 일상적인 대화를 나누다 세월호 이야기가 나왔다. 친구가 2년 전에 가르쳤던 학생들 중 13명이 세월호에 올라 수학여행을 떠났는데 그중 3명만 살아 돌아왔다고 했다. 돌아오지 못한 한 아이는 몇 달 전 원하는 대학에 가서 선생님께 보답하겠다는 문자를 보냈다고 했다.

아이들 이야기를 하던 친구는 결국 눈물을 보였는데 10년 넘게 알아 왔지만 그런 모습은 처음이었다. 친구의 예비 아내도 학원 선생님이어서 세월호 참사로 제자들을 잃고 많이 슬퍼했다고 했다. 세상에서 가장 행복해야 할 결혼식을 앞두고 두 사람은 매우 힘겨운 시간을 보내고 있었다.

아이를 잃은 건 부모만이 아니었다. 학원 선생님, 교회 친구, 동네 아주머니들이 모두 가까이에서 보던 아이들을 잃었다. 죽음은 그렇게 갑자기 다가왔다. 수백 명이 배와 함께 침몰하는 광경을 실시간으로 지켜본 이들에게 죽음은 먼 이야기가 아니었다. 나 역시 마찬가지였다. 나는 내 주변 사람이 난데없이 죽음을 맞는 상황을 상상하기 시작했다. 어쩌면 6개월 전 세월호에 오른 내가 희생자가 되었을지도 모른다.

나는 어머니와 함께 분향소를 찾았다. 어릴 적 자주 뛰어놀던 화랑유원지에 마련된 분향소에는 사람들의 행렬이 끊이지 않았다. 국화 한 송이를 받아 들고 영정 앞으로 갔다. 영정 사진이 너무도 많아 어디를 보아야 할지 알 수 없었다. 그 장소에서 땀을 흘리며 뛰놀고 있어야 할 아이들이 영정 사진 속에서 멈춰 있었다. 여기저기서 흐느끼는 소리가 들려왔고 어머니도 자꾸만 눈물을 삼키셨다.

안산은 반월공단이 들어서면서 생겨난 도시이다. 안산 고잔동, 선부동에는 반월공단으로 일하러 다니는 사람들이 많았다.

세월호 유가족들 중 상당수는 자식만을 바라보며 공장에서의 고단한 하루를 견뎌 내는 부모였을 것이다. 나의 어머니가 그랬던 것처럼 말이다.

시간이 흘러 여름이 되고 가족들은 배가 왜 침몰했는지, 아이들을 왜 잃어야 했는지 밝혀야 한다고 나섰다. 하지만 진상 규명을 위한 국정 조사는 별다른 성과 없이 끝나 버렸다. 유가족들은 수사권과 기소권을 포함한 특별법을 제정하라며 농성을 했다. 그러자 유가족들을 향한 공격이 쏟아졌다. 세월호 이야기는 이제 지겹다며, 유가족들에게 그만 울라고, 그만 슬퍼하라고 했다. 나는 서울시청 광장에서 열린 세월호 특별법 제정 촉구 집회를 찾았다. 유가족들이 연단에 서서 호소하고 있었다. 만 명은커녕 백 명 앞에 서 본 적도 없었을 평범한 사람들이 수만 명 앞에서 연설을 했다. 어떤 이들은 밥을 끊고 여러 날을 버텼다. 불과 몇 달 전만 해도 하루하루 열심히 일만 해 왔을 평범한 이들이 거리의 투사가 되어 사람들 앞에 서 있었다.

그 무렵 교황 방한 소식에 유가족들은 큰 기대를 품었다. 기대한 대로 교황은 유가족을 위로하고 국민들에게 큰 감동을 주고 떠났지만 그 후 달라진 것은 없었다. 그렇게 세월호의 상처는 치유되지 못하고 잊히는 것처럼 보였다. 나에게도 세월호 사건은 점점 잊혀 가고 있었다.

해가 바뀌고 2015년이 되어 『금요일엔 돌아오렴』이라는 책이 나왔다. 세월호 유가족들의 육성 기록을 담은 책이었다. 이 책의 북콘서트가 열린다는 소식을 듣고 참석했더니 공연장은 2층까지 가득 차 있었다.

세월호 희생자의 어머니는 아이를 떠올리다 말을 잇지 못했고 사회자도 진행을 하다 눈물을 보였다. 하지만 모두가 슬퍼하고만 있지는 않았다. 어떤 분은 유가족이 우는 걸 보러 행사를 연 것이 아니라며, 이 자리는 세월호 문제를 해결하기 위한 과정이 되어야 한다고 말했다. 다른 분은 아이의 추억이 깃든 안산을 특별한 도시로 만들자고 했다.

세월호 사건 이후에 대해서도 들을 수 있었다. 유가족들은 줄기차게 진상 규명을 위한 특별법 제정과 선체 인양을 요구했다. 진도에서 안산까지 450킬로미터를 걸었고 찾는 이가 줄어드는 팽목항을 지켰다. 세월호 참사의 진상을 밝히는 것은 죽은 자식을 애도하기 위한 유일한 방법이었기 때문이다. 자신들처럼 슬픈 사연을 지닌 또 다른 유가족들이 생겨나지 않도록 하는 일이기도 했다.

그로부터 1년 안산 시내 곳곳에 걸린 노란 세월호 현수막은 색이 바래 가고 있었다. 작년에는 적막하기만 했던 중앙동 거리가 청소년들로 시끌벅적했다. 살아남은 단원고 2학년 학생들은

아직 돌아오지 못한 아홉 명의 세월호 희생자들

세월호 유가족들 중 상당수는 자식만을 바라보며
공장에서의 고단한 하루를 견뎌 내는 부모였을 것이다.
나의 어머니가 그랬던 것처럼 말이다.

3학년이 되었고 사람들은 세월호 1주기에 대해 이야기했다.

광주 민주화운동을 겪고 광주 시민이 35년 동안 '5월 증후군'을 앓았던 것처럼, 안산 시민인 내가 매년 4월을 미안함으로 맞고 싶지는 않다. 이를 위해 지난날 내가 탔던 그 배가 돌아오기 바란다. 아이들의 희망과 함께 가라앉은 세월호가 다시 떠오르길 희망한다. 그날의 일을 속 시원히 풀어놓게 되길 소망한다. 그렇게 하는 것이 304명의 죽음에 대한 예의일 것이다. 아이들이 돌아오지 못한 지 1년이 넘도록 무엇 하나 시원하게 해결된 게 없지만, 나는 그래도 우리 사회가 그 '최소한의 예의'는 지킬 것이라 믿는다.

봄을 맞은 화랑유원지에는 운동을 하는 사람들이 많았다. 분향소 건너편의 농구장에는 교복을 입은 학생들이 눈에 띄었고 농구장 옆에는 봄꽃이 활짝 피었다. 시선을 돌려 분향소를 바라보았다. 세월호를 타지 않았더라면 한 살을 더 먹고 반대편 농구장에 있었을 분향소의 아이들. 이제는 그 어떤 일상도 누릴 수 없게 된 이들의 죽음 앞에서, 내가, 우리가 해야 할 일이 무엇일지 다시 한 번 자문해 본다.

※알리움의 의미는 '무한한 슬픔'입니다.

3장

삶과 죽음에
대하여

아름다운
마무리를 위하여

최병일

　인간은 누구나 단 한 번의 기회를 얻어 세상에 태어난다. 그렇기 때문에 일생이라 말한다. 이 세상에 태어난 사람들은 몇 억분의 일이라는 경쟁을 뚫고 태어났으니 로또 당첨보다 어려운 일을 해낸 것이다. 아무리 어렵게 태어났다 할지라도 아쉽지만 수명의 차이가 날뿐 반드시 세상을 떠날 운명이다. 오래 살고 싶은 욕망은 끝이 없으나 권력이나 돈이 있어도 영원히 살 수는 없다.

　죽는 것을 두려워한 중국의 진시황제는 불로장수를 꿈꾸며 불로초를 구하기 위해 중국 전역, 한국, 일본까지 사람을 보냈지만 49세로 세상을 떠났다. 얼마 전 중국 시안에 있는 진시황제의 병마용을 보면서, 그가 얼마나 영원히 권력을 누리며 살고 싶어 했는지 실감할 수 있었다. 진시황은 살아생전에 병마용을 만들며 부활을 믿었으나 부활은커녕 그것은 한낱 흙덩이에 불과했다.

어느새 60여 년을 넘게 살면서 나도 많은 죽음을 보아 왔다. 여러 죽음을 지켜보면서 어떤 죽음이 가치 있고 의미 있는 죽음인지, 어떻게 살아야 될지 깊이 생각하게 되었다.

내가 보아 온 많은 죽음 가운데서도 가장 안타까운 죽음은 군대 때 경험했다. 나는 후방 사단 신병교육대에서 훈련을 마치고 전방 포병부대 본부포대에 배치받았다. 신병인 나는 고참병들의 얼차려에 정신을 차리지 못하고 있었는데 그때 내무반장이었던 윤 하사만은 형처럼 살갑게 대해 주었다. 나에게는 하늘처럼 높아 보이는 하사였지만 우리는 마음이 맞아 서로의 속내까지 털어놓을 수 있는 사이가 되었다. 그런데 윤 하사에게는 고민이 하나 있었다. 군대 오기 전에 사귀던 여자가 있는데 고무신을 거꾸로 신었다는 것이다. 그는 어쩔 줄 몰라 하며 탈영을 해서 배신한 여자를 죽이고 자신도 같이 죽고 싶다며 감정을 추스르지 못했다. 그런 윤 하사를 보면서 저러다 말겠지 대수롭지 않게 생각했다. 게다가 신병인 내가 뭔가 충고를 할 수 있는 처지도 아니어서 그저 이성적으로 생각하라는 말만 반복했다. 그러나 결국 일이 터지고 말았다. 캄캄한 어느 날 밤, 한 발의 총성이 부대에 울려 퍼졌다. 윤 하사가 연병장 조회대 앞에서 자신의 총으로 자살을 한 것이었다. 사나이로 태어나 한 여자의 배신 때문에 목숨을 끊는다는 것은 그야말로 개죽음이다. 부모 형제의 가슴에 못을 박고 가 버린 죽음. 그 죽음은 그의 가족과 친구들, 가까운 이들에게 영원히 씻을 수 없는 상처를 남긴다. 그의 죽음은 나에게도 깊은 상처가 되었다.

우리나라는 하루 평균 40명이 자살하여 자살 세계 1위라는 불명예를 안고 있다. 이러한 때에 사람들 개개인의 죽음에 대한 인식의 전환이 이루어져야 하지 않을까?

내가 죽음에 대해 정확히 인식하게 된 것은 존경하는 스승님 덕분이다. 스승님의 연세는 올해 100세이다. 그분은 100세의 연세에도 불구하고 매일 독서를 하신다. 취미 삼아 하는 독서가 아니라 진리를 탐구하는 독서이다. 사소한 것도 그냥 지나치지 않고 근본을 파헤쳐 아하! 하고 깨달음을 얻어야 끝이 난다. 게다가 세상 변화에 민감하고 사람과 자연에 대해 애정과 호기심이 많아 100세 청년 아니, 소년이라고 말하고 싶다. 스승님은 아직도 국내는 물론 외국까지 초청을 받아 강의를 다니시기 때문에 영원한 현역이라고 할 수 있다. 또한 제자들의 삶에 항상 관심을 기울이시고 상담을 요청하면 그때마다 삶의 이정

표를 정확하게 제시해 주신다. 세상을 진단하고 대안을 제시하는 능력이 탁월하시다. 스승님께 건강하게 사는 비결을 물은 적이 있는데 그때 이렇게 말씀하셨다.

"건강 관리를 위해 특별히 운동을 하거나 음식을 조절하지 않고 오늘을 인생의 마지막 날인 것처럼 취해서 살고 있다."

저녁에 잠자리에 들면서 내일 아침에 일어날 수 있을까라고 생각하지만 깨어나면 그날을 마지막 날처럼 의미와 가치를 부여하며 살기 때문에 보람 있는 하루를 보내셨다. 겸손한 자세로 운명에 순응하며 최선을 다해 사는 스승님의 모습에 절로 고개가 숙여졌다. 나도 그렇게 늙어 가고 싶었고 스승님처럼 죽음을 초월하여 살고 싶었다.

죽음에 관한 아주 짧지만 의미 있는 이야기가 생각난다. 옛날에 왕이 시골에 사는 백성에게 대궐에 들어오라고 명령했다. 백성이 왕의 명령에 불복종한다는 것은 생각조차 할 수 없는 일이었다. 하지만 그 백성은 혼자 대궐로 들어가려니 엄두가 나지 않았다. 그래서 365일 붙어 다니던 친구를 찾아가 같이 갈 것을 부탁했더니 딱 잘라 냉정하게 거절했다. 배신감이 든 백성은 가끔 만나던 친구를 찾아가 부탁했는데 그 친구는 대궐 안까지는 못 가고 입구까지만 가겠다고 했다. 하지만 걱정이 된 백성은 마지막으로 일 년에 한두 번밖에 만나지 않았던 친구를 찾아가서 부탁했다. 그러자 그 친구는 흔쾌히 같이 대궐까지 가겠다고 했다.

이 이야기에서 왕은 염라대왕을 상징한다. 그리고 부름을 받은 백성은 인간을 가리킨다. 인간은 염라대왕의 초대장을 받으면 나이에 상관없이 즉시 가야 한다. 태어난 순서는 있지만 죽을 때는 순서가 없다. 어떤 이유도 여기서 통하지 않는다. 그래서 밥을 먹다가, 잠을 자다가, 심지어는 화장실에서 쓰러져 생을 마감하는 등 다양한 마지막 순간이 있다.

이야기 속 365일 붙어 다니던 친구는 돈이다. 살아 있을 때는 돈이 중요하겠지만 죽을 때는 한 푼도 가지고 갈 수 없다. 그래서 수의에 호주머니가 없다. 세계 여러 나라를 가 봐도 수의에 호주머니가 있는 나라는 보지 못했다. 재벌이라고 해도 예외 없다. 이야기 속 가끔 만나는 친구는 가족과 친구이다. 가족과 친구는 입구까지는 따라갈 수 있다. 그 입구는 장지 혹은 화장터인데 그들은 입구까지 따라갔다가 다시 그들의 삶으로 돌아가야 한다.

그런데 이야기에서 대궐까지 가겠다고 흔쾌히 승낙한, 일 년에 한두 번 만나는 친구는 바로 선행을 의미한다. 인간이 세상을 떠날 때 가지고 갈 수 있는 유일한 것은 사는 동안 남을 위해 베푼 선행이라고 한다. 짧은 이야기지만 그 속에 담겨 있는 의미는 많은 생각을 하게 한다.

이 이야기의 의미를 장례식장에서 되새긴 적이 있다. 장례식장은 고인에 대한 여러 이야기들이 오가는 곳이기 때문에 망자가 어떻게 살아왔나 가장 잘 들을 수 있는 곳이다. 시골 장례식장에서 한 이야기를 들었다. 어떤 사람이 비 오는 날 돌아가셨는데 동네 사람들이 "구질구질하게 살더니 꼭 저 같은 날 죽었다"라고 했다고 한다. 그런데 똑같이 비가 오는 날이라도 선행을 베풀고 돌아가신 분에게는 "하늘도 슬퍼서 운다"라고 말한다는 것이다. 어떻게 살아왔느냐에 따라 평가도 달라지는 셈이다.

친구 장례식에 간 사람이 죽은 친구가 바람을 피던 이야기를 떠드는 바람에 상주들과 다퉜다는 이야기가 신문지상에 오르내리기도 했다. 상주는 "왜 돌아가신 마당에 그런 이야기를 하느냐?"고 화를 냈고 고인의 친구는 "내가 없는 이야기를 지어내서 했느냐?"며 언쟁을 했다는 것이다. 아무튼 다른 사람의 입방아에 오르내리지 않도록 잘 살아야 할 일이다.

내가 장례식장에서 직접 경험한 일도 있다. 연세가 지긋하신 어르신이 장례식장을 찾아 혼자 앉아 술잔에 술을 따르는 모습이 예사롭지 않았다. 자신이 먹을 술을 아주 정중하게 따르는 것이었다. 모습이 심상치 않아서 주의 깊게 살펴보았더니 그분이 갑자기 술잔을 높이 들었다. 그러고는 돌아가신 분의 영정을 지긋이 쳐다보며 작게 속삭이셨다.

"이보게 친구, 평생 사는 동안 술 한 잔 안 사더니 이제야 사는구먼!"

친구들에게 얼마나 인색하게 굴었으면 돌아가신 마당에 그런 험한 말을 들었을까.

요즘에는 죽음을 앞둔 분이 생을 마감하기 위해 호스피스 병동을 찾는 경우가 많다. 그분들이 마지막 순간 어떤 후회를 가장 많이 하는지 조사했더니 크게 세 가지였다. 첫째 좀 더 참을걸, 둘째 좀 더 재미있게 살걸, 셋째 더 베풀걸이라고 한다.

어머니는 올해로 85세인데 아직도 농사일을 하신다. 그 연세에 편히 쉬면서 여생을 보내도 되건만 불편한 몸을 이끌고 농사일을 하시는 이유는 어려운 학생들에게 장학금을 주기 위해서였다. 30년간 중학교를 못 갈 처지에 있는 학생들에게 등록금을 주었고, 작년부터 다문화 가정 아이들 14명에게 대학 등록금의 일부를 보태 주고 있다. 어머니는 학생들에게 도움을 주는 일을 하며 삶의 이유와 보람을 느끼고 있었다.

영원한 청년, 소년으로 살 것만 같았던 아니, 마음은 아직도 나이를 먹었다는 사실을 실감하지 못하는 나도 어느새 벌써 환갑, 진갑을 넘어섰다. 이제 살아온 날들을 반추하며 마무리를 잘해야 할 시점에 서 있다. 그런 나에게 삶의 이정표가 되는 분이 바로 팔순을 넘긴 어머니와 백수를 넘긴 스승님이다. 두 분은 잘 사는 게 무엇인지 마치 망망대해의 등대처럼 몸소 보여 주고 계신다.

삶과 죽음은 둘로 나뉘는 것이 아니라 동전의 양면이라고 생각한다. 잘 살아온 사람만이 잘 죽을 수 있다. 죽음을 앞두고 후회할 일이 많은 사람과 보람을 느끼는 사람은 분명히 차이가 있다. 아름답게 마무리하기 위해서 남은 인생을 어떻게 살 것인가 두고두고 고민해 볼 일이다.

죽은 이들의
마을

김학수

　20~30대는 결혼식장에서, 40~50대는 상갓집에서 만난다는 말이 있다. 장례葬禮는 고인을 추모하고 남은 자를 위로하는 행위이다. 장례식장을 찾고 조문하는 일은 유교적 전통이 강한 우리 사회에서 반드시 챙겨야 할 덕목이다. '경사慶事는 못 챙기더라도 조사弔事는 꼭 가야 한다'는 신입사원 시절 선배의 조언에 따라 20년이 지난 지금도 이를 철칙으로 여기며 책상 서랍에 검은색 넥타이와 양말 한 켤레를 준비해 두고 있다. 지금은 부모님들의 장례가 대부분이지만 세월이 흐르면 어느 순간 서로의 마지막을 지켜보게 될 것이다.

　장례식장으로 향하는 발걸음이 매번 똑같지는 않다. 뜻밖의 비보를 듣고 무거운 발걸음으로 먼 길을 달려가기도 하고, 죄스러움과 비통한 마음을 추스르며 광장 한편에서 거리의 문상을 한 경우도 있다. 하지만 의무감 때문에 어정쩡한 발걸음을 옮기는 경우도 있다. 요즘은 카톡이나 문자로 부고訃告를 받기도 하고, 동문회의 근조기謹弔旗는 전국팔도의 장례식장을 누구보다 먼저 찾아간다. 누군가의 부모, 친척이라는 이유로 생전 뵙지도 못한 고인의 영정 앞에 머리를 숙일 때도 종종 있다. 그것이 미덕이라고 하지만 사실 필요에 의한 눈도장이 목적인 경우도 있다.

그럼 서양의 장례식장은 어떤 모습일까?

열려진 관 속으로 보이는 고인의 마지막 모습. 추모객들은 곱게 단장한 고인의 마지막 얼굴을 손끝으로 어루만진다. 유가족들은 지역 신문이나 전자 메일의 부고를 통해 '그는 한국전쟁 참전 용사였으며, 열렬한 공화당원'이었음을 알리고 위로의 마음을 전하고 싶으면 떠난 사람이 생전에 봉사하던 단체에 기부하는 것으로 대신해 줄 것을 부탁하는 것 또한 잊지 않는다. 신부님은 고인의 걸어온 길과 마지막 순간에 남긴 말을 전하고, 친구는 '그는 고집불통이었지만 유쾌한 사람이었다'며 떠난 이를 추억한다. 장지는 집과 멀지 않은 마을 어귀나 생전에 다니던 교회 뒷마당이다.

가족과 지인들은 고인의 마지막을 담담히 지켜본다. 묘지를 감도는 기운은 비통함보다는 경건함이다. 크게 슬퍼하거나 낙담하는 사람은 없다. 그날은 고인의 삶을 기념하는 날이기 때문이다. 그래서 그들은 공동묘지를 'Memorial Park'로 칭한다. 즉 잊지 않는 것을 애도의 궁극으로 여긴다.

동서양의 생사관生死觀은 이처럼 장례식 모습에서도 서로 다름을 엿볼 수 있다. 서양과 달리 우리의 장례 모습은 살아남은 자에 대한 위로가 주를 이루며, 위로의 방법은 '기억하는 것이 아니라 잊는 것'이다. 장례식장의 주인공인 고인은 영정으로만 존재하고 그가 걸어온 길과 상관없이 보내는 모습은 어느 장례식장이나 별반 다르지 않다. 종합 병원이나 도시의 초입, 국도변에 주로 자리한 장례식장의 모습은 을씨년스럽기까지 하다. '상조'를 통하면 장례의 모든 절차는 매뉴얼대로 진행된다. 통일된 식단, 기업의 로고가 찍힌 일회용 식기, 빌려 입은 상복 등 판에 박힌 모습이다.

조문은 의례적인 분향과 맞절로 끝이 난다. 조문객들은 로비를 채운 근조 화환의 개수와 문상객의 행렬을 보며 고인의 삶을 셈하고 향년 연세와 세상을 떠나기 전 행적으로 호상好喪인지 아닌지를 가늠한다. 부의금은 상주와의 사회적 관계를 기준으로 금액이 정해지고, 언제 자리를 떠야 할지 눈치를 살피며 머릿수를 채우는 것으로 의무를 다한다.

우리의 장례는 살아남은 자들을 위한 잔치이다. 죽은 이의 이름으로 살아 있는 사람을 불러 모을 뿐, 남은 자들끼리 위로하고 살아 있음에 안도한 채 일상으로 돌아간다. '정승집 개가 죽으면 문상을 가도 정승이 죽으면 가지 않는다'는 옛말처럼 우리의 장례는 상주에게 의리를 지키고 사회 관계를 돈독히 하기 위한 방편으로 자리매김했다. 고인의 향년과 상주들의 이름 석 자, 발인과 장지만이 장례식장 입구 전광판을 통해 알려질 뿐 그 누구도 고인의 삶을 기억하려 하지 않으며 설명하려 들지도 않는다.

일 년의 시간도 한 편의 영상으로 조명되는 요즘의 돌잔치와 비교해 보면 장례식장에서는 한 사람의 일생이 짧은 순간에 소멸된다. 우리 모두는 고인에 대한 기억을 끄집어내기보다 묻어두려 한다.

'떠난 사람은 잊고 남은 사람이라도 살아야지'라는 말을 쉽게 한다. 한 생명을 묻기도 전에 잊어버리라는 말이 격려이고 위로이다. 곡절 많은 역사 속에서 별의별 죽음을 다 보아 왔지만 그때마다 새 출발을 위해 빨리 잊어버리라고, 그것이 인지상정이라고 교육받은 우리는 저도 모르게 죽음에 대한 불감不感, 망각의 미덕을 키워 온 셈이다.

몇 년 전 체코 프라하에 간 적이 있다. 여행 중에 기억에 남

죽은 이들의 마을에서는 이승과 저승의 경계가 무너지고
죽은 자는 여전히 산 자의 이웃이었다.
그곳이 아름다운 이유는 산 자가 죽은 자를 잊지 않으며,
남은 자가 떠난 자와 끊임없이 소통하고 있었기 때문이다.

는 장소를 꼽으라면 '비셰흐라드'이다. 블타바 강을 따라 펼쳐진 풍경을 내려다보며 감탄했는데 그곳에 자리한 성 바오로 바울 성당 뒤편에는 묘지공원이 있었다. 위대한 음악가 드보르자크 와 스메타나, 아르누보 시대의 대표적인 장식 예술가인 무하의 묘비와 함께 한 시대를 살아간 필부들, 세상과 일찍 이별한 맑은 눈의 소년, 사고로 함께 세상을 떠난 일가족의 무덤이 생전의 빈부귀천과 지위고하를 잊고 공동묘지, 즉 그들만의 마을을 이루고 있다.

북적대는 관광객과 연인들이 오가는 그곳은 잘 꾸며진 정원 같았고, 생기 넘치는 주변 공기는 공동묘지에 대한 편견을 깨기에 충분했다. 묘비 아래에 놓인 생생한 꽃들은 방문자의 손길이 끊이지 않음을 말해 주었고, 죽은 이들이 가장 아름다웠던 시절의 사진과 어느 하나 예사롭지 않은 모양과 재질의 묘비, 삶이 과장 없이 새겨진 비문이 눈길을 끌었다. 저마다 다른 사연들에 마음을 빼앗겨 나는 오랫동안 그들의 마을에 머물렀다.

죽은 이들의 마을에서는 이승과 저승의 경계가 무너지고 죽은 자는 여전히 산 자의 이웃이었다. 그곳이 아름다운 이유는 산 자가 죽은 자를 잊지 않으며, 남은 자가 떠난 자와 끊임없이 소통하고 있었기 때문이다. 잘 가꾸어진 화단과 비석을 어루만지는 손길은 떠난 자의 못다 한 삶과 이루지 못한 꿈을 자신의 숙제로 여기며 돌아간다. 애도에도 품격이 있다면 그곳에 묻혀 있는 이들은 죽음에 대한 최고의 예우를 받고 있었다.

　산 자와 죽은 자가 소통하는 또 다른 공간도 있다. 바로 에베레스트 산이다. 모든 산악인은 세계 최고봉인 에베레스트 정상에 오르는 것을 꿈꿀 것이다. 하지만 그만큼 어려운 일이기에 정상으로 가는 길에서 우리는 죽음을 마주하게 된다. 바로 정상 정복에 실패한 산악인의 주검이다. 헬기조차 뜨지 못하는 영하 30도의 혹한과 매서운 바람, 부족한 공기는 그들을 썩지도 못하는 주검으로 남겨 놓았다. 그래서 조난자들의 화려한 다운재킷이 설산 사이로 아른거리는 동북쪽 루트는 '무지개 색깔의 골짜기'로도 불린다. 수습조차 불가능한 8,000미터 고지에는 200여 구가 넘는 주검이 있다. 유가족들 역시 주검을 수습하기보다 마지막 모습 그대로 남겨 두기를 원하기 때문에 그들은 '그린 부츠' 같은 이름으로 불리며 산을 오르는 이들의 길잡이가 되고 있다. 누군가는 '잘못된 길'을 경고하고, 누군가는 '정상이 코앞에 있음'을 알리는 것이다. 죽어서 이정표가 된 그들은 산을 오르는 이들의 몸을 빌려 못다 한 꿈을 이룬다. 에베레스트를 오르는 모든 산악인은 주검이 전하는 메시지를 받고 그들 앞에서 예를 갖춘다. 그 순간 죽음은 기억이란 이름으로 위로받는다.

내가 생각하는 애도의 시작은 잊지 않는 것이다. 떠난 이들이 세상에서 못다 한 말과, 죽는 순간까지 꿈꾸던 세상은 어떤 모습이었는지 남은 사람들이 기억하는 것이다. 만약 그 죽음이 무책임과 사회적 모순에서 기인한 것이라면, 개인의 것을 넘어 사회적 타살이라면 고민은 더욱 깊어진다.

최근에도 안타까운 죽음이 많았다. 6명의 목숨을 앗아 간 용산의 기억은 폐허의 땅과 함께 지금도 방치되고 있으며 295명의 귀하고 어린 생명이 꽃잎처럼 지고 9명의 영혼이 차가운 바다에 머물러 있는 세월호의 아픔 역시 진행형이며, 끝내 공장으로 돌아가지 못한 채 세상과 이별한 26명의 쌍용 자동차 해고자는 저승에서도 복직의 꿈을 이루지 못하고 있다. 세상의 무관심이 만든 송파 세 모녀의 죽음은 또 다른 장소에서 이어지고 있다.

이러한 죽음이 끊이지 않는 것은 쉽게 잊어버린 것에 대한 죄과인지도 모른다. 잊어서는 안 되는 일들을 바쁘다는 이유로, 세상살이가 다 그러하다는 이유로 잊으려 했기에 우리는 또 다른 죽음과 마주하게 되는 것이다. '이제는 잊어버리자'는 사람에게 '아니다. 함께 기억하자'고 얘기해야 한다. 사회적 타살 앞에서 우리는 모두가 유족이기 때문이다.

기억은 산 자와 죽은 자가 만나는 지점이다. 상처받은 영혼을 '죽은 이들의 마을'로 초대해 그들이 편히 쉴 수 있도록 하자. 아름다운 화초를 가꾸고 묘비를 어루만지는 일은 남아 있는 우리들의 몫이다.

의사의 눈으로 바라보는
가족의 죽음

김주원

사람의 인생이란 어디서부터 어디까지를 뜻하는 것일까. 나의 '탄생'은 나보다는 부모님의 추억거리일 뿐, 내가 기억하는 인생의 출발점은 전혀 다른 곳일 수도 있다. 나의 경우, 최초의 기억은 어느 가을날의 남산 분수대에서 시작한다. 파란 페인트 색 물빛, 점점이 부서지는 무지개와 걸음을 옮길 때마다 후드득 날아오르는 비둘기들. 그때 나의 작은 손을 꼭 잡고 있던 사람은 외할아버지였다.

어린 시절 나는 남산 자락 회현동 어귀에 살았다. 상가와 살림집이 있던 건물은 엄밀히 말하면 외갓집이었다. 우리 가족뿐만 아니라 외할아버지, 외할머니, 외삼촌과 이모까지 한 건물에서 같이 살았다. 엄마는 나를 낳고 한 달 만에 직장에 나가야 했기 때문에 나를 키우는 것은 자연스레 외가 친척들의 몫이었다. 그중에서도 물색없이 나를 예뻐하며 살뜰히 챙겼던 분은 외할아버지셨다고 한다. 당시 할아버지의 나이는 오십이 안 되었다. 내가 늦둥이 막내딸이라 해도 전혀 이상해 보이지 않을 나이였다.

외할아버지는 같은 연배 분들에 비해 몹시 젊었고 영민하고 건강하셨다. 학력이 높지 않았지만 손재주가 좋고 부지런해서 집에 있는 어지간한 물건들 중 외할아버지의 손을 거치지 않은 것이 없었다. 내가 초등학교를 졸업할 즈음 집집마다 컴퓨터가 보급되기 시작했는데 외할아버지는 불과 몇 달 만에 나보다 더 능숙하게 컴퓨터를 다루셨다. 심지어는 나에게 한글 타자 연습 좀 하라고 잔소리를 할 정도였다.

내가 중학생이 되고 어머니가 퇴직을 하면서 외가에서 나와 따로 살게 되었다. 그즈음 외할아버지는 아예 본인 컴퓨터를 장만하여 노인들이 보기 쉽게 큰 활자로 성경을 재편찬하는 일을 소일거리 삼으며 지내셨다. 주말에는 똑똑한 손녀를 데리고 교회에 나가 자랑을 하는 것도 일과 중 하나였다.

어린 손녀는 쑥쑥 자라 대학에 입학하고, 얼떨결에 내과 의사가 되었다. 이제 막 의학의 바다에 발목을 담근 정도이지만,

초등학교 졸업식 날 외할아버지, 외할머니와 함께

물색없이 나를 예뻐하며 살뜰히 챙겼던 분은 외할아버지셨다고 한다.
당시 할아버지의 나이는 오십이 안 되었다.
내가 늦둥이 막내딸이라 해도 전혀 이상해 보이지 않을 나이였다.

이름 석 자가 박힌 가운을 입고 서울의 큰 병원에서 하루에도 수없이 많은 환자들을 보며 살고 있다. 환자 중에는 몸이 일시적으로 불편해서 치료하러 오는 사람도 있지만, 만성적인 병을 안고 죽음을 준비하러 오는 환자들도 굉장히 많았다.

그러던 2014년 나는 내과 전공의 2년차가 되었다. 처음으로 종양내과 환자를 접하면서 암을 처음 진단받는 환자나 항암치료를 하는 환자와 더불어, 죽음의 그림자가 드리워진 사람들을 매일같이 대면하게 되었다. 그때부터 의사로서 과연 무엇을 할 수 있나 고민하는 나날들이 시작되었다.

그곳에서 근무하면서 병원에서의 죽음을 둘러싸고 크게 세 가지의 입장이 있음을 깨닫게 되었다. 바로 환자와 그의 죽음을 지켜보는 보호자, 그리고 환자의 사망을 객관적으로 바라보고 이런저런 뒤처리를 도맡아 하는 의료인이다. 개개인의 인생이 다르듯 각각의 입장은 그들의 삶만큼이나 다양했다. 조용히 죽음을 기다리는 환자와 고통 속에 신음하며 끝까지 자신의 마지막을 부정하는 환자, 사정이 여의치 않아 은근히 혹은 대놓고 언제 이 병치레가 끝날지 물어보는 보호자와 절대로 이렇게는 보낼 수 없다며 각종 미신적인 치료에 목을 매는 가족들, 환자가 사망할 때마다 극심한 스트레스를 받는 의사와 아무렇지도 않게 사망 선고를 내릴 수 있는 의사. 사회에서의 개인의 성정과는 조금 다른 차원의 면면이 같은 공간, 같은 시간 속에 넘실 거렸다.

죽음 자체뿐 아니라 죽어 가는 과정에 가장 가까운 곳도 종양내과 병동이다. 그래서인지 주임 교수님은 전공의를 대상으로 조금 특별한 교육을 하고 계셨다. 교수님의 회진은 의학적 지식의 축적보다는 철학적 사유를 목적으로 하는 시간이었다. 어떻게 죽는 것이 잘 죽는 것인가에 대한 문답이 주를 이루었고, 그중에는 아주 대답하기 곤란한 문제도 있었다.

가장 먼저 논의된 것은 안락사 문제이다. 고령화 사회로 접어들고, 그에 따른 질병 부담이 늘어나면서 자연스럽게 안락사, 존엄사는 일반인에게도 낯설지 않은 개념이 되었다. 질병으로 고통 받는 환자를 위해서, 가망 없는 연명 치료 비용을 대느라 피폐해지는 보호자들을 위해서라도 안락사를 허용해야 한다는 의견이 점차 목소리를 내고 있다. 종양내과 주치의를 하다 보면, 이에 대해 더욱 절실하게 고민하게 된다. 암은 실로 고통스러운 질병이다. 통증도 통증이거니와 암 덩어리로 오장육부가 막히면서 견디기 힘든 증상들이 유발되기 일쑤다. 회진을 돌다 보면 대체 언제쯤 편해질 수 있냐, 제발 좀 죽여 줄 수 없냐고 호소하는 환자들이 셀 수 없이 많다. 꼭 암이 아니더라도 중환자실에는 의식 없이 각종 기계에 매달려 숨만 붙어 있는 사람들과 그 곁에서 생기를 잃어 가는 보호자들을 심심찮게 볼 수 있다. 오직 죽음만을 기다리는 삶, 죽음에 대한 인간의 선택은 기다림과 인내뿐인가 하는 생각이 들 때도 있다.

하지만 안락사를 허용할 경우, 과연 본인의 의사로만 안락사가 기능할 것인가 하는 문제점이 있다. 인간은 정말 병과 고통 때문에 본인의 존엄을 지키고자 스스로 죽음을 선택하게 될까? 교수님은 바로 그 점을 지적하셨다. 걷잡을 수 없이 불어나는 의료비가 부담스러워서, 가족들에게 피해를 주고 싶지 않아서 안락사를 택하는 경우도 분명히 있을 것이다. 극단적인 경우로, 만약 형편이 어려운 사람이 난치성 질환 진단을 받는다면 주위 사람들의 눈치를 보며 안락사를 고민할지도 모른다. 결국 안락사를 인간이 잘 운영할 수 있는가 하는 고민이 필요한 것이다.

다음으로 답하기 어려웠던 문제는 바로 존엄한 임종과 관련한 문제이다. 말기 암 환자의 경우, 병이 진행되면 모든 장기의 기능이 저하되는 것이 일반적이다. 그래서 병세가 갑자기 나빠졌을 때 기관 내 삽관이나 심폐소생술을 해도 효과는 미미하여 불과 수 분, 수 시간의 생명 연장에 그치는 경우가 많다. 어떤 보호자들은 의사가 최후의 순간까지 치료를 해 줄 것을 요구한다. 집중적인 관리를 위해 중환자실에도 가고, 목에 관을 꽂고

흉부를 압박해서라도 조금이나마 더 살 수 있게 해 달라는 것이다. 과연 이런 상황에서 의사는 보호자가 원하는 처치를 모두 해야 할까? 그러한 조치가 보호자의 죄책감을 덜어 주는 것 외에 죽음을 맞이하는 환자에게도 바람직한 일일지 생각해 보아야 할 것이다.

그런데 2014년은 내가 암 환자의 보호자가 된 해이기도 하다. 외할아버지가 폐암 진단을 받은 것이다. 수 년 전 우연히 방광암을 조기에 발견해 간단한 수술 후 별 탈 없이 지냈는데 정기 검진에서 갑자기 폐에 6센티미터 크기의 종괴가 나타났다. 외할아버지는 73번째 생일을 앞두고 있었다. 가족들의 충격은 말할 수 없었고, 의사에서 졸지에 보호자 처지가 된 나 역시 당황스럽기는 마찬가지였다.

외할아버지는 곧바로 조직 검사를 통해 암을 확진 받고, 항암 치료를 시작하는 한편, 뇌로 전이될 것을 염려하여 예방적 방사선 치료까지 받았다. 정형외과 의사로 개인 의원을 운영하고 있는 큰 외삼촌과 한의사인 작은 외삼촌도 대학 병원에서는 그저 보호자에 지나지 않았다. 내 또래의 주치의가 가리키는 사진을 보며 그의 말 한마디 한마디에 온 신경을 집중했다. 새삼 내 손을 잡고 제발 살려 달라던 중년의 보호자들과, 그들 앞에 심드렁하기만 했던 나의 지난날이 스쳐 지나갔다.

투병 중인 외할아버지와 함께

새삼 내 손을 잡고
제발 살려 달라던 중년의 보호자들과,
그들 앞에 심드렁하기만 했던
나의 지난날이 스쳐 지나갔다.

가족들의 정성과 의지가 무색할 만큼 외할아버지의 암은 점점 세력을 키워 갔다. 암세포는 간과 뼈에도 자리를 잡았다. 다니던 병원에서 더 이상 치료를 하는 것은 환자를 힘들게만 할 뿐 크게 의미가 없다는 이야기를 듣자, 가족들은 내 의견을 듣고 싶어 했다. 완치는 진작 포기한 상태이지만 일말의 가능성이라도 있고 환자에게 큰 해가 되지 않는다면 어떻게 좀 해 볼 수 있지 않겠느냐는 것이다. 나는 제자가 아닌 보호자의 입장으로 교수님을 찾아 뵈었다.

이런 저런 설명을 끝낸 내게 교수님은 '얼마든지 치료를 해 볼 수 있다'는 답변을 해 주셨다. 다만, 그 치료는 과학의 영역을 넘어서는 것이라며 다음과 같이 덧붙이셨다.

"진행성 폐암의 경우 과학적으로 효과가 있다고 밝혀진 치료법은 아직까지는 없다. 하지만 어떠한 조치를 취함으로서 환자와 보호자가 위안을 받고 희망을 갖는다면 그 역시 의학의 한 형태가 아니겠는가. 그 지점이 바로 science of medicine에서 art of medicine으로, 즉 의학이 예술의 경지에 이르는 지점이다."

상의를 거듭하는 중에도 외할아버지의 상태는 점점 안 좋아져서 가족들은 결국 더 이상 치료를 하지 않기로 합의하였다. 조금 더 편하게 지내실 수 있도록 호스피스 프로그램을 알아보며 맛있는 음식을 사다 드리거나 좋은 글귀를 읽어 드리는 등 각자 나름대로 효도를 했다. 나 또한 주중에는 다른 환자들의 사망을 관장하고, 주말에는 외할아버지 댁에 들러 가족의 죽음을 준비하는 보호자로 살아가게 되었다. 그렇게 한 달여의 종양내과 과정도 끝나 가고 있었다.

교수님과 마지막 회진을 마치고 그동안 감사했다며 인사를 드리고 돌아서는데, 교수님이 갑작스레 물으셨다.

"할아버님은 좀 괜찮으신가?"

얼떨결에 "아, 예" 하고 아무렇지 않게 대답했지만 돌아서서 몇 걸음 떼자 눈물이 핑 돌았다. 그것은 할아버지에 대한 연민이나 곧 닥쳐올 마지막 순간에 대한 감정에서 비롯된 눈물이 아니었다. 굳이 얘기하자면, 나는 어떤 감동을 받은 것 같다. 아름다운 음악이나 그림을 통해 상처받은 마음을 달래듯, 교수님의 안부 인사 한마디가 가슴에 큰 파문을 일으켰던 것 같다. 의학은 곧 예술이 될 수 있다는 것을 그제야 깨닫게 되었다.

※ 외할아버지는 초고를 쓰고 보름 뒤 돌아가셨다.

당신은 어떤 죽음을 원하나요?

이인자

2층 옥상에서 밑을 내려다봤다. 죽지는 않을 것 같았다. 다리 정도 부러질 것 같다며 이보다는 높아야 죽겠다 싶은 생각이 들었다. 나를 보고 깜짝 놀라 붙잡지도 못하고 어쩔 줄 몰라 소리만 지르는 아버지에게 항복하고 내려와서는 죽을 만큼 맞았다. 죽겠다고 옥상에서 쇼를 하는 딸을 군인 출신의 아버지가 어떻게 받아들이시겠는가. 그리 큰 사건이 있었던 것도 아니었다. 하지만 나는 죽고 싶었다. 그냥 힘들었고 행복하지 않았다. 그때 내 나이는 고작 초등학교 4학년이었다.

어른들은 어린아이들이 무조건 행복할 것이라고 쉽게 생각한다. 부모님의 보호를 받으며 해 주는 밥과 사 주는 옷을 입고, 시키는 대로 하기만 하면 되니 무슨 걱정이 있겠냐는 것이다. 하지만 아이들에게도 나름의 걱정거리가 있다. 당시 나는 사람들이 왜 그렇게 오래 살고 싶어 하고 끈질기게 살려고 하는지 이해하지 못했다. 재미있는 일도 없고 고통스럽고 해야 할 일만 많은 이 세상이 뭐가 그리 좋다고 살려고 기를 쓰는가 말이다. 나는 사는 게 재미가 하나도 없어서 나를 태어나게 한 부모님을 원망했다. 도대체 왜 낳은 건가. 그래서 태어날 때는 내 맘대로 태어나지 못했으니 죽는 건 내 마음대로 하겠다고 단단히 마음먹고 죽을 기회만 호시탐탐 노렸다. 하지만 죽는 것도 쉬운 일이 아니라는 것은 금방 알았다. 손목을 그으려니 생각보다 예리한 칼이 필요했고, 얼어 죽으려니 긴 시간과 고통을 감내해야 했다. 그래서 자살은 실행에 옮기기도 전에 포기하기 일쑤였다. 그러다 생각을 바꿨다. 마흔세 살쯤에 차를 타고 가다 죽으면 고통 없이 깔끔하게 죽을 수도 있겠다고 말이다. 어린 생각에 마흔세 살이면 살 만큼 산 나이라고 계산했던 것이다. 그것은 달콤한 유혹이었고 나는 그때까지 시간을 벌었다.

마흔세 살까지 죽지 않으려니 살아야겠는데 사는 건 여전히 힘들었다. 읽고 싶은 책을 마음껏 못 읽는 게 싫었고 풀 때마다 다른 답이 나오는 수학이 미웠다. 차창 밖으로 흐르는 빗물을 그냥 바라보지 못하고, 궁금하지도 않은 차의 속도를 알아내야 한다는 것이 끔찍했다. 이해도 되지 않았고 흥미도 없었다. 온종일 시간을 투자했지만 모른다고 바보 취급 당하는 게 화가 났다. 나는 사람이 좋았고 소설이 좋았고 음악이 좋고 미술이 좋았다. 하지만 내가 좋아하는 것은 하나같이 하지 말라고 했다. 모두 빈둥거리는 것으로 보였기 때문이다. 몰래 좋아하는 걸 10분만 하고 있어도 어디서 어떤 호통이 떨어질지 몰라 불안해 마음껏 즐길 수도 없었다. 게다가 나는 오남매의 셋째라 일도 많았다. 항상 위아래로 치이고 기질도 강하게 태어나질 못했다. 다른 사람 마음을 상하게 하고 싶지도 않았으며 항상 착한 아이이고 싶었다. 그러니 눈치를 볼 수밖에 없었다. 나는 정말 이 세상에 어울리지 않는 사람이라고 생각했다. '안 되면 죽지 뭐'라는 혼잣말을 입에 달고 죽음을 배수진으로 치고 살았다. 죽음은 내가 마지막에 꺼내 들 수 있는 카드라고 생각하고 내 옆에서 떠나지 못하게 했다.

죽음에 대한 생각이 많아지니 죽음이라는 단어도 익숙해졌다. 그리고 죽음에 대한 생각이 조금씩 바뀌어 갔다. '언제 죽는가' 보다 '어떻게 죽을 것인가'에 대해 많은 생각을 하게 되었다. 나는 '잘' 죽고 싶었다. 어쩔 수 없이 마지막 순간까지 몰려서 죽는 죽음은 아름다워 보이지 않았다. 그리고 자살은 삶을 장식하는 마지막 선택이 아니라 구석으로 내몰리는 것이라고 바꾸어 생각했다. 그렇게 죽음에 대해 생각하던 중 다른 사람들은 어떻게 죽고 싶은지 궁금했다. 그래서 만나는 사람마다 묻고 다녔다. 그때만 해도 나는 모두 나처럼 죽음에 대해 고민할 거라 생각했다.

"어떻게 죽고 싶어?"

몇몇에게 물어보자 마치 못 들을 걸 들은 것처럼 화들짝 놀라면서 대답을 주저했다.

"뜬금없이 무슨 소리야! 그런 걸 왜 물어?"

그들은 당장이라도 저승사자가 잡아갈지 모른다는 듯이 주변을 두리번거렸다. 난 이해할 수 없었다. 그래도 대답해 보라고 했지만 돌아오는 것은 절레절레 흔드는 고갯짓과 외면뿐이었다. 죽음은 내가 외면한다고 오지 않는 것이 아니다. 어디에선가 공이 날아온다면 어디에서 날아오는지 준비하고 다가올 때까지 직시할 필요가 있다. 점심시간에 무엇을 먹을 것인가 하는 질문처럼 단순한 것이다. 물론 죽음은 점심 메뉴보다는 아주 중요한 문제이다.

나는 답을 듣고 싶었지만 사람들의 반응은 펄쩍 뛰다가 질문을 피했고 나를 이해하지 못했다. 나도 그들을 이해하지 못하기는 마찬가지였다. 무슨 길을 가든지 목적지가 있는데 가장 중요한 인생길 종점을 생각하고 있지 않다니 이해가 되지 않았다. 죽음은 모두의 목적지이다. 계획을 세운다고 그대로 되지는 않겠지만 그래도 종점을 향해 가는데 계획은 세워야 하지 않겠는가.

내 계획은 어느 정도 서 있었다. 난 웃으며 죽고 싶었다. 죽음이 코앞에 닥쳤을 때 "즐거운 인생 재미있게 잘 살았네" 하고 웃으며 가고 싶었다. 누군가 내가 죽음에 집착하는 건 오히려 삶에 대한 열망이 반대로 나타나는 것 아니냐고 했다. 그럴 수도 있겠다 싶었다. 잘 죽는다는 것은 잘 살아야 가능한 것이기 때문이다. 항상 죽음을 생각하며 사는 내게 삶은 언제나 오늘이 끝일 수도 있는 간절한 것으로 바뀌었다. 그러면서 장례식에 대해서도 자주 생각했다. 누가 와서 무슨 말을 할지 궁금했다. 그들이 보는 나의 삶은 어땠는지 듣고 싶었다. 아니 장례식이라는 걸 꼭 해야 할까 하는 생각도 들었다. 요즘 장례식은 마치 친목계 같았다. 아무도 고인을 추도하거나 그의 삶에 대해 알고 싶어 하지 않았다. 그저 상주와 인사를 나누고 장례식장을 찾은 사람들과 안부를 묻는 일에 급급했다. 장례 자체도 어느 누구라 할 것 없이 똑같다. 장례는 예식화되고 깔끔해졌지만 죽음은 초라해져서 고인은 묻히기도 전에 사람들에게 잊히고 마는 듯하다.

내가 지금까지 겪은 가족의 죽음은 처절하게 외로웠다. 맨 처음 맞은 죽음은 친할머니였다. 친할머니는 큰아버지와 함께 사셨는데 치매로 방치된 채 계셨기 때문에 아버지께서 시골에 내려가서 거의 일 년 동안 병 수발을 하셨다. 자식의 도리를 하시는 거라 말씀하셨지만 아버지의 일상도, 할머니의 추억도 사라졌다. 할머니는 완전히 쪼그라져 의식도 없이 숨만 쉬다가 가셨다. 마지막으로 남긴 말 한마디 없었다.

시할머니는 죽는 순간까지 치매로 고통 받으셨다. 문이 열려 있으면 집을 나가서 길을 잃고 헤매거나 위험한 물건을 함부로 만졌기 때문에 늘 아파트 좁은 방에 갇혀 지냈다. 가족들에게도 어쩔 수 없는 선택이었지만 좁은 방에서 점점 빛을 잃어 가던 눈빛을 생각하면 지금도 가슴이 아프다.

아름답게 죽자. 멋있게 죽자. 평생 삶을 가꾸고 자기 관리를 했는데 마지막까지 못할 이유가 없다. 병원에서 온갖 약으로 하루하루 버티는 삶이 아니라 품위 있는 죽음을 맞고 싶었다. 나와 같은 죽음을 맞고자 하는 사람들은 점점 늘고 있다.

헬런 니어링의 『아름다운 삶, 사랑 그리고 마무리』를 보면 스콧 니어링과 헬런 니어링 부부는 자연과 조화로운 삶을 살아간다. 그들은 절반은 자급자족하며 먹고살고 동물을 키우지 않으며 채식을 원칙으로 하는 삶을 살았다. 그리고 평생 자신들의 신념을 실천했고 죽음에도 남다른 생각이 있었다. 남편 스콧 니어링은 100세에 생을 마감했는데 그는 죽기 전에 아내 헬런에

『아름다운 삶,
사랑 그리고 마무리』
(헬런 니어링)
/ 보리

스콧 니어링의 죽음을 보니
나도 다른 이에게 울림을 줄 수 있는
마지막을 맞고 싶다는 욕심이 생겼다.
그의 평온하고 위엄 있는 죽음을 보고
죽음과 삶은 하나라는 생각이 들었다.

게 몇 가지 지침을 남겼다.

헬런 니어링에게 남긴 지침

• 마지막 죽을병이 오면 나는 죽음의 과정이 다음과 같이 자연
스럽게 이루어지기를 바란다. 나는 병원이 아니고 집에 있기를
바란다. 나는 단식을 하다 죽고 싶다. 그러므로 죽음이 다가오면
나는 음식을 끊고, 할 수 있으면 마찬가지로 마시는 것도 끊기를
바란다.

• 나는 죽음의 과정을 예민하게 느끼고 싶다. 그러므로 어떤 진
정제, 진통제, 마취제도 필요 없다.

• 나는 되도록 빠르고 조용하게 가고 싶다. 주사, 심장충격, 강제
급식, 산소주입 또는 수혈을 바라지 않는다. 회한에 젖거나 슬픔
에 잠길 필요는 없다. 오히려 자리에 함께할지 모르는 사람들은
마음과 행동에 조용함, 위엄, 이해, 기쁨과 평화로움을 갖춰 죽음
의 경험을 나누기 바란다.

이들이 죽음을 받아들이는 자세와 실천을 보면, 남편 스콧
은 땔감 나무조차 나르지 못할 지경에 이르자 자연으로 돌아
가리라고 말하고 자신의 말대로 시간이 되자 서서히 식사를 끊
고 자연스럽고 의식이 있는 채 죽었다. 그의 죽음 앞에 이웃들

은 "스콧 니어링이 100년 동안 살아서 이 세상이 더 좋은 곳이 되었다"라고 쓴 깃발을 들고 있었다. 그의 삶이 다른 이들에게 어떤 울림이 되었는지 가늠해 볼 수 있는 장면이다.

스콧 니어링의 죽음을 보니 나도 다른 이에게 울림을 줄 수 있는 마지막을 맞고 싶다는 욕심이 생겼다. 그의 평온하고 위엄 있는 죽음을 보고 죽음과 삶은 하나라는 생각이 들었다. 이것은 안락사와는 의미가 다른 것이다. 죽음은 자연스러운 일이고 자연 순환 차원에서도 바람직한 일이다. 일부러 죽음을 찾을 필요는 없지만 지나치게 혐오하고 외면할 필요도 없다. 나는 오늘도 누군가에게 묻고 싶다.

"당신은 어떤 죽음을 원하나요?"

삶과 죽음의
경계에서 살다

서미경

　내 나이 40대 중반, 아침마다 약을 먹은 지도 8년째에 접어든다. 달력을 보니 초음파검사와 PET검사 정기 검진 예약이 눈에 들어온다. 며칠 전부터 임파선이 심하게 부어올라 신경이 쓰이는데 병원을 가면 또 야단을 들을지도 모르겠다. 나에게는 '조직 검사 하자'는 말이 곧 야단맞는 것임과 동시에 내가 치료 중인 암 환자라는 것을 깨닫게 하는 말이다.

　암 진단 후 5년이 지나면 일반적으로 '완치되었다'고 한다. 하지만 신장암 수술 후 15년 만에 췌장암으로 재발해 치료를 받으신 아버지를 보면 그 말도 온전히 믿을 건 못 된다. 가족력도 있고 수술 경험도 있어서 2년 전 임파선 재발이 우려되어 조직 검사를 받은 나는 매번 병원에서 조심하라는 당부를 듣는다.

8년 전 나에게 암이라는 불청객이 찾아왔다. 흔하고 자라는 속도가 느려 착한 암이라고 불리는 갑상선암이었다. 하지만 나에게는 착하지 않았다. 30대의 젊은 나이에 발견한 암은 갑상선에서 세력을 키워 임파선까지 전이된 상태였다. 나는 암 수술 때 성대와 가까운 부분까지 모두 도려낸 탓에 두 달간 벙어리로 살았다. 목소리는 돌아올 테니 걱정 말라고 의사가 말했지만 그의 목소리에선 차가운 소독약의 냉기가 묻어났다. 임파선까지 전이된 상태라 수술 뒤에도 고농축 방사선 치료를 받았다. 치료라고는 하지만 암세포를 죽이기 위해 고농도의 독약을 몸에 붓는 것이나 마찬가지였다. 방사선 치료는 수술보다 더한 고통을 주었고 점점 내 몸이 죽어 가는 것을 느낄 수 있었다. 피가 나올 정도로 토악질이 나는 거부 반응이 시작되었다. 노란위액과 피가 뒤섞여 나왔지만 토악질은 끝나지 않았다. 위는 물론 심장까지 다 헐어 버린 것 같았다.

난 격리되었다. 치료를 받는 3일간은 아무도 병실에 들어올 수 없었다. 간호사는 CCTV로 날 관찰했고 의사도 전화로 진료를 보았다. 내 몸에서 방사선이 나오고 있었기 때문이다. 아무도 나와 접촉하려 하지 않았다. 난 혼자 밥을 먹고 혼자 토하고 혼자 고통스러워했다. 하지만 고통스러움보다 더 힘든 것은 처절한 외로움이었다. 암세포가 죽기 전에 내가 잘못되는 것은 아닐까 하는 불안감이 날 미치게 했다.

'혼잔가? 혼자야? …… 아무도 없구나.'

사실 나는 암 선고를 받은 순간부터 죽음은 혼자라는 것을 느끼고 있었다. 부인하려고 해도 받아들일 수밖에 없었다. 죽음을 슬퍼하며 비통해하는 것은 살아 있는 사람들의 몫이었다. 당사자는 그냥 혼자 사라질 뿐이라는 걸 온몸으로 느낀다. 그때 나는 삶과 죽음의 경계에 서 있었다.

그 경계에서 대부분의 사람들이 보이는 반응은 후회다. 입원 중에 내가 본 환자들은 자신의 삶을, 자기가 살아온 현실을 후회했다.

지금도 머릿속에 생생한 장면이 있다. 같은 병실을 쓰는 환자 중에 위암 말기 환자가 있었는데, 그 사람은 밤새 살려 달라고 외치고, 하루 종일 피오줌, 피똥, 객혈 등 몸에 있는 구멍이란 구멍에서 계속 피를 토해 내며 의사에게 매달렸다. 피비린내 나는 살려 달라는 외침과 억울하다는 울음은 밤새도록 계속됐다. 며칠 뒤, 가망이 없어 후방 병원으로 후송되어 가는 그를 보고 같은 병실 환자들이 한마디씩 했다.

"여기서 나가기만 하면 내가 먹고 싶은 것 먹고, 하고 싶은 대로 살 거야."

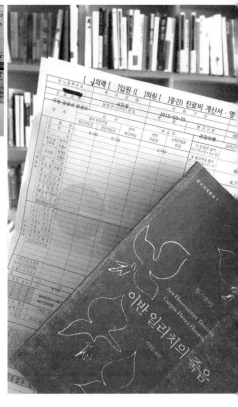

복용 중인 약과 진료비 계산서

30대의 젊은 나이에 발견한 암은
갑상선에서 세력을 키워 임파선까지 전이된 상태였다.

"자식이나 남편 때문에 그렇게 안 살 거야."

"나가기만 해 봐. 신나게 여행 다닐 거야."

성토하듯 내뱉는 회한의 말들이 병실에 공허하게 울렸다. 그러고는 짠 것처럼 누가 보고 싶다거나 누구에게 미안하다며 마음에 걸렸던 불편한 이야기를 꺼내기 시작했다. 울음 섞인 고백 끝에 긴 침묵이 흘렀다. 어느 누구도 '그때 땅을 샀으면 돈을 더 벌었을 텐데', '더 성공했으면 즐거웠을 텐데'라는 말을 하는 사람은 없었다.

나도 마찬가지였다. 다른 환자에 비해 아직 젊은 나이였기에 남은 생에 얼마든지 또 죽음이 찾아올 수 있다. 나는 죽음이 찾아왔을 때 저렇게 피를 토하면서 살려 달라고 매달리는 삶을 살지는 않겠다고 다짐했다. 그래서 후회하는 일은 적게 만들고 나를 생각하고 내 존재를 그려 넣을 수 있는 삶을 살자고 다짐했다. 고요한 눈도 좋고, 요란한 비도 좋고, 반대로 요란한 눈도 고요한 비도 좋게 보는 시선으로 삶을 살고 싶었다. 작은 것에도 다른 의미를 부여하며 내일 지구가 멸망해도 사과나무를 심으며 행복해하는 모습 말이다.

입원 기간 동안 나는 죽음 앞에서 고행성사를 하듯 후회하는 마음을 털어놓는 사람들을 많이 보았다. 대부분의 사람은 자신의 삶이 바빠서 삶과 죽음의 경계에 선 사람들을 알아채지 못한다. 그들이 얼마나 후회하고 그런 말들을 하고 싶어 하는지 말이다. 하지만 누구나 죽음에 직면하는 순간이 온다.

일반적으로 나이순을 따지겠지만 누구에게나 죽음은 불청객처럼 찾아온다. 만약 이 불청객을 일찍 만나게 된다면 그것은 행운일까, 불행일까? 내 경우는 행운이었다고 할 수 있다. 사실 나도 처음에는 죽음 앞에서 고통스럽게 절규했지만 돌아보면 그 시기에 삶의 다른 면을 볼 수 있었다. 어떻게 하면 남들보다 더 잘 살까, 어떻게 하면 성공할까에 치중하며 살아왔지만 죽음을 인식한 뒤로는 달라졌다. 진짜 나를 채워 줄 삶을 생각하게 되었다.

우리는 태어난 순간부터 삶이란 길에 서게 되고 최종 도착점은 죽음이라는 사실을 알고 있다. 다만 살아 있음에 큰 의미를 두고 삶에서 죽음을 외면하고 싶어 할 뿐이다. 삶은 죽음이 있기에 빛난다. 죽음이 있기에 생명의 태동이 소중한 것이고 살아 있는 동안 축제처럼 즐기며 살아갈 수 있는 것이다. 죽음을 외면하지 않는 삶, 그것이 삶을 축제로 만들 수 있는 시작이다.

한 남자의 죽음이
삶 속으로 들어오다

어등경

    늦여름이거나 2학기 개강을 시작한 지 얼마 안 되었을 때였을 것이다. 얇은 점퍼를 걸칠 정도의 날씨였다. 나는 평소에 귀가 나빠질까 봐 이어폰을 꽂고 다니진 않는다. 다만 예민하게 여기는 것들이 있어 참을 수가 없을 땐 허둥지둥 이어폰을 찾게 된다. 특히 지하철에서 껌을 짝짝 씹는 소리나 쩝쩝거리는 소리를 듣고 있노라면 약발이 떨어진 환자마냥 정신을 잃고 극도의 분노로 가득 차게 된다. 물론 그렇다고 해서 그런 내면의 분노를 밖으로 표출한 적은 없다.

    그날 나는 지하철에서부터 이어폰을 계속 꽂은 채 역 밖으로 나왔다. 다른 소리가 안 들릴 정도로 음악을 크게 틀어 놓은 상태였다. 2호선 서울대 입구 7번 출구로 나오면 제법 크고 넓은 횡단보도가 있다. 지하철 출구에서 약 20미터 정도 떨어져 있는데 횡단보도 맞은편에는 24시간 항상 불을 밝히고 있는 편의점이 있다. '이제 이어폰을 빼야 하는데'라는 생각을 하며 멍하니 신호가 바뀌기를 기다리는데 순간 내 눈을 의심하는 장면이 눈에 들어왔다. 내 또래로 보이는 남자가 횡단보도 가운데에 누워 있었던 것이다. 해질 무렵이어서 나는 그 남자를 보자마자 '지금 몇 신데 벌써부터 술에 취해 길에서 자고 있나? 에이, 저러니 젊은 사람들이 욕을 먹지' 하는 생각을 먼저 했다. 신호를 기다리는 사람들 중에서 그 남자를 보는 건 나뿐인 듯했다. 곧 파란불로 바뀌고 횡단보도를 건너는데 나는 문득 그 남자의 얼굴이 궁금해졌다. 그래서 남자가 누워 있는 쪽으로 발걸음을 옮겼다.

남자는 얇은 점퍼를 입고 가방을 뒤로 메고 누워 있었는데 왼쪽 눈은 허공을 향하고 있었다. 마치 나를 보고 있는 것처럼. '뭐지? 왜 눈을' 하는 찰나 그 남자에게 뭔가 안 좋은 일이 생겼다는 것을 알게 되었다.

"아악!"

누군가의 외마디 외침과 함께 길을 건너던 많은 사람들이 갑자기 홍해처럼 갈라졌다. 양쪽으로 길이 나면서 사람들이 모두 남자를 피해 갔다. 무리에 섞여 있었던 것일까, 갑자기 나타난 경찰 한 명이 하얀색 스프레이를 손에 들고 남자의 몸 주변을 따라 스프레이를 뿌렸다.

횡단보도 건너편에는 귤이나 땅콩, 뻥튀기 등을 파는 트럭들이 항상 서 있었기 때문에 트럭들 사이에서 보이지 않았던 커다란 흰색 SUV차 한 대가 눈에 들어왔다. 어색하게 서 있는 차를 보고 그제야 나는 깨달았다. 내가 자고 있다고 생각했던 남자는 자는 게 아니라 죽은 것이었다. 저 흰색 SUV차에 치어서 말이다.

길을 건너던 사람들은 놀라서 어찌할 바를 모르다가도 각자 제 갈 길로 바삐 걸음을 옮겼다. 하지만 나는 횡단보도 한가운데에서 그 남자처럼 꼼짝도 못하고 있었다. 신호는 어느새 빨간불로 바뀌었고 난 남자를 우두커니 바라보고만 있었다.

"이봐요! 옆으로 비켜 주세요."

경찰이 내게 저쪽으로 가라는 손짓을 하면서 스프레이 표시를 끝내고 반대편에 서 있던 다른 경찰 한 명을 불렀다. 나는 나의 호기심이 원망스러웠다. 이제껏 아무 일 없이 평범하게 잘 지내고 있었다. 그런데 내 삶 속으로 예상치 못한 남자의 죽음이 갑자기 뛰어들었다.

왜 처음부터 사고라고 알아보지 못한 걸까? 늘 주변을 관찰

하며 다니는 습관이 있는 나로서는 그 순간이 이상하게 여겨졌다. 불과 얼마 전까지 그는 이곳에서 살아 있었을 것이다. 그가 죽음의 타이밍에 이 횡단보도를 건넜다는 사실이 너무도 슬펐다. 매일 지나다니는 횡단보도 위에도 신만이 알고 있는 법칙으로 죽을 운명인 사람들이 정해져 있는 걸까? 그런데 그 순간 내가 느끼는 슬픔이 어릴 때부터 죽음은 슬프다고 무의식적으로 배워 왔기에 슬픈 것인지, 죽음 이후에 대한 막연한 두려움 때문인지, 다시는 볼 수 없다는 생각 때문에 슬픈 것인지는 알 수 없었다.

정신을 차리고 길을 건넌 뒤에도 머릿속은 복잡했다. 내가 죽었을 때 누가 가장 먼저 나의 죽은 모습을 보게 될까, 몇 명이나 진심으로 슬퍼해 줄까, 내 영정 사진은 어떤 사진이 올라갈까 등 복잡한 생각들이 정리되지 않은 실타래처럼 한꺼번에 밀려왔다가 썰물처럼 사라졌다.

죽음은 늘 우리 곁에 있지만 나와는 상관없다고 느끼며 살아간다. 매일 뉴스를 보면 사건 사고로 죽은 사람이 꽤 많은데도 그들을 애도하거나 안됐다는 생각만 할 뿐 거기서 끝이다. 직접 죽음을 목격한 나와 같은 사람들은 마치 실연당한 사람처럼 죽음을 순간순간마다 생각하고 지우기를 반복한다.

얼마 전 읽은 이사카 코타로의 『마왕』이란 책에 '사람이 어떤 식으로 죽는가에 관한 책' 이야기가 나온다. 죽는 순간을 알고 싶은 사람을 그 책에서 찾아보면 그 사람이 어떻게 죽는지 알게 되는 책이다. 난 그런 책이 실제로 있다고 해도 별로 보고 싶지 않다. 마지막 순간이 어떻든 간에 삶을 순리대로 사는 것이야말로 죽음을 일상처럼 맞이하는 것이 아닐까.

평소라면 집까지 가는 데 15분 정도 걸렸을 거리가 그날따라 1시간 이상 걸린 듯했다. 집에 들어온 나의 모습이 이상했던지 가족들은 말을 걸지 않았다. 그리고 그날부터 나에겐 불면증이 찾아왔다. 평소 이런저런 생각이 많았던 머릿속에 생각의 방이 수십 개나 늘어난 것 같았다.

이후 나는 매일 그 횡단보도를 지나면서 남자가 누워 있었던 한가운데를 피해 가장자리로만 다녔다. 죽음에 관한 생각들이 다시 떠오르거나 그날의 생생한 기억이 다시 살아날까 봐 두려웠다. 경찰이 대충 뿌려 놓은 하얀색 스프레이 자국도 이젠 희미해져서 거의 보이지 않았다. 외상 후 스트레스 장애나 트라우마라는 단어를 언급하기에는 너무도 미안하게 죽음의 기억은 꿈처럼 기억 저편으로 사라져 버렸다.

가와세 나오미 감독의 영화 〈소년 소녀 그리고 바다〉는 죽음에 대한 내용을 다루고 있다. 주인공 쿄코는 엄마가 죽어 가는 걸 보며 '죽으면 만날 수도 없고 온기도 느낄 수 없다. 형체가 없

그날 이후 횡단보도 앞에 서면
내 삶 속으로 불쑥 들어온
한 남자의 죽음이 떠오른다.

어져서 슬프다'라고 말한다. 그러자 신을 모시던 할머니가 '죽은 사람의 생각은 이 세상에 가득 남아 있다. 몸의 온기는 없더라도 마음의 온기가 있어 그를 기억하는 남은 자들의 마음에 남아 있어 괜찮다'고 위로한다. 물론 어린 소녀는 엄마의 죽음을 당장 이해하려 하지는 않지만 남은 가족과 사랑하는 남자친구와 보내면서 자연스럽게 엄마의 죽음을 인정하며 영화는 끝난다.

나는 횡단보도에서 죽은 그를 모른다. 그가 살아 있을 때에도 그를 모른 채 살아왔다. 그런 생각이 들자 남자의 죽음을 슬프다고만 생각할 이유가 없었다. 그 남자는 그의 가족이나 사랑하는 이들의 마음속에서 좋은 기억으로 영원히 남아 있을 것이다. 그들이 그의 모습을 추억으로 간직하고 살아간다면 내가 고민하고 우울해했던 죽음이라는 것이 마냥 슬퍼할 문제는 아니라는 생각이 들었다.

조금 쌀쌀해진 날씨에 횡단보도 앞에 서니 여전히 건너편 편의점은 불을 밝히고 있다. 신호등이 파란불로 바뀌자 나는 처음으로 남자가 누워 있던 횡단보도 한가운데를 힘차게 걸었다.

조상을 애도하고
기리는 마음

김대선

청원-상주 고속도로가 개통된 지 벌써 7년 남짓한 시간이 흘렀다. 고속도로 개통으로 인해 그 주변 환경은 완전히 뒤바뀌어 버리고 말았다. 근처 문의 IC 주변으로 도로가 새로 나면서 옛 도로는 잊히고 있었다. 한때 신작로라 불리며 많은 사람들이 오고 갔던 고개 너머 꼬불꼬불한 길들은 이제 여유로운 연인들과 휴일을 맞은 가족들이나 겨우 찾는 한적한 산책로로 변해 버렸다.

사실 그 길은 나에게 조금 남다른 기억으로 남아 있다. 비좁고 험한 길을 따라 고개를 몇 개 넘으면 어린 시절 나들이를 겸해 종종 들렀던 선조들의 유해를 모신 선산이 나온다. 청주와

대전 사이, 대청호 최상류의 고부라진 강변길을 따라서 30분 정도 달리면 대통령 별장이 있던 청남대 근처를 지나게 된다. 드라이브 코스로 사랑받는 대청호의 멋진 풍경을 바라보며 조금 더 달리다 보면 굽이치는 강변 언덕 위의 대청댐 전망대가 나온다. 그곳에서 복잡한 오솔길들을 따라 계곡 속으로 깊숙이 들어가면 선조들의 묘소가 있었다.

묘역 왼편으로는 계곡물을 따라 멋진 자연의 풍경이 펼쳐지는데 어린 시절 나는 사촌 형제들과 계곡을 거슬러 올라가며 여기저기 헤집고 돌아다니곤 했다. 바위를 뒤집어 가재를 잡고, 두 손을 모아 계곡물을 퍼 올려 송사리도 잡고, 나뭇가지를 주워 밤송이도 쿡쿡 찔러 보면서 한 시간 정도 놀다가 내려오면 친척 어른들의 벌초 작업이 끝나 갈 무렵이었다. 묘역 정리가 다 끝나면 돌아오는 길에는 항상 강변의 송어횟집에 들러 식사를 하곤 했다.

그런데 그런 기억은 이제 머릿속으로 떠올릴 수밖에 없다. 시골 곳곳까지 들어온 개발 계획으로 인해 집안 선산을 관통하는 도로가 놓이게 된 것이었다. 하는 수 없이 조상님들의 묘를 옮겨야 했던 아버지와 집안 어른들의 심정은 어땠을까? 파헤쳐진 선조의 관을 바라보아야 했던 집안 어른들의 심정을 생각하니 괜스레 마음이 무거워졌다. 도로 개발 계획이 20년 뒤로 미뭐졌더라면 내가 해야 했을 일이었다. 그때 조상님들의 유해는 집의 뒷산으로 옮겨와 한 군데의 봉안묘에 모셨다.

나는 매년 봄이 되면 화창한 날씨를 골라 추억을 되새기며 뒷산에 오른다. 작은 돌들이 아무렇게나 쌓여 계단을 이룬, 집 뒤로 난 오르막길을 따라 올라가면 선조들의 유해를 모신 작은 봉안묘가 나온다. 예전에는 납골묘라고 불렀다.

선조의 묘소를 수시로 찾아 둘러보는 것은 그동안에 무너지거나 파헤쳐진 곳이 없는지 미리 점검해 보기 위해서이다. 미리 묘소 주변을 두루 살펴 깔끔하게 정리해 놓아야 먼 길을 와서 조상님을 애도하는 친척들이 편하게 다녀갈 수 있다는 이유도 있다. 게다가 여기저기 흩어져 있던 선조의 묘소를 계속 옮겨 오는 바람에 찾아오는 친척들도 점점 늘고 있었다.

내가 하는 일은 묘역 주변의 잔디 덮인 땅부터 확인하는 것이다. 혹여나 굶주린 산짐승들이 파헤치지는 않았는지, 땅이 수시로 얼었다 녹으면서 무너지거나 상대적으로 얕아진 곳이 없는지 꼼꼼하게 점검한다. 그런 다음에는 겨울 동안에 자란 잡초나 칡뿌리가 있는지를 살펴 낫으로 베거나 뽑는다. 한 30분 남짓 묘역 주변을 둘러보며 깔끔하게 치우면 명절 전에 해야 할 큰일 하나가 끝난다. 이 일은 아버지나 작은아버지가 오랫동안 해 온 일인데 두 분이 하셨던 일에 비하면 지금 내 일은 아무것도 아니다. 나는 그저 가문의 일원으로 내가 할 수 있는 최소한의 노력을 다할 뿐이다.

사실 나는 어린 시절 밤에는 뒷산을 제대로 쳐다보지도 못할 정도로 겁이 많았다. 그래서인지 성인이 된 지금도 혼자 산에 올라가는 건 조금 무서울 때가 있다. 산을 오를 때 문득 어린 시절 부모님이 들려주었던 '사람 홀리는 살쾡이'의 번뜩이는 안광에 대한 이야기가 떠오를 때가 있는데 그때마다 등골이 서늘해지는 기분이다. 산골 마을에서 오래 살았어도 혼자 산에 오르는 건 도무지 적응이 되지 않는다.

뒷산에 올라 주위를 둘러보면 마을 전경이 눈앞에 펼쳐진다. 마을 어귀 오른쪽 야트막한 언덕 위 나무 사이로 보일 듯 말 듯 검은색 작은 건물 하나가 보이는데 행상집 또는 상여집이라고 불리는 곳이다. 그 건물은 마을의 장례용품을 공동으로 보관하던 특별한 장소이다. 어릴 때는 '귀신이 나오는 집'이라는 어른들의 엄포에 놀라 근처에 얼씬도 하지 않았다. 큰아버지와 조부모님은 물론이고, 증조부님, 고조부님을 비롯한 여러 집안 선조들과 마을 어른들이 세상을 떠날 때마다 매번 그곳에 보관하던 전통적인 장례용품으로 장례를 치렀다. 그중 가장 중요한 물품은 상여喪輿인데, 우리 마을은 마을 청년들이 나서서 상여계를 결성해 함께 상여를 메고 내 일처럼 장례를 돕는 전통을 오랫

집안 조상님의 봉안묘

할아버지를 떠올리고 추억하는 것조차 빼앗기고 있는 듯하다.

이전의 선산에 있었던 추억들은 새 도로가 생기면서 사라져 가,

선조들과 나를 연결해 주던 전통의 고리도 끊기고 있다는 생각마저 든다.

동안 이어 왔다.

하지만 이 마을에서 수백 년을 지속해 온 이 전통은 더 이상 이어지기 어려워졌다. 마지막으로 상여를 짊어졌던 가장 어린 청년 상여꾼들조차도 이제는 모두 환갑을 넘긴 나이가 되어 버렸기 때문이다. 이제 마을에는 나를 제외하고는 더 이상 상여를 짊어질 만한 청년들이 없다. 아마 앞으로 건물이 철거되기 전까지는 행상집의 낡은 문고리를 당겨 열어 볼 사람조차 없을 것이다.

봉안묘에 잠들어 있는 집안 어르신 중에서 내가 가장 특별하게 여기는 분은 할아버지이다. 사실 할아버지가 돌아가셨을 때 나는 어리고 철없는 아이에 불과했기 때문에 당시 기억은 거의 남아 있지 않다. 죽음의 의미 같은 건 전혀 몰랐다. 그러다 우연한 계기로 할아버지의 생애에 관심을 갖게 되었다. 할아버지는 일제 강점기에 일본의 광산으로 끌려가 노역을 하셨는데 그에 대한 보상 절차를 알아볼 일이 생겼기 때문이다. 나는 그 과정에서 우리 가문의 근현대사를 되돌아보고, 이전에는 몰랐던 여러 자료와 증언을 접하며 조상님께 감사하는 마음을 갖게 되는 뜻 깊은 경험을 했다.

힘들게 구한 기록에 따르면, 할아버지는 태평양전쟁이 한창이던 1940년대 초 일본의 사도 섬佐渡島 금광에서 강제로 노역을 하셨다고 한다. 그곳에서 온갖 인생 역경을 겪으신 할아버지는 일본의 무조건 항복으로 다행스럽게도 고국으로 돌아오게 되었다. 하지만 패배를 승복할 수 없었던 일본은 고국으로 가는 배를 타려는 분들을 끝까지 방해하고 괴롭혔다고 한다. 그때 할아버지가 무사히 우리나라로 돌아오지 못했다면 나라는 존재는 없었을 것이다.

그런데 이처럼 할아버지를 떠올리고 추억하는 것조차 빼앗기고 있는 듯하다. 이전의 선산에 있었던 추억들은 새 도로가 생기면서 사라져 가, 선조들과 나를 연결해 주던 전통의 고리도 끊기고 있다는 생각마저 든다. 봉안묘도 마찬가지이다. 아직은 찾아오는 친척들이 있지만 점점 인적이 드물어지는 곳이라 언젠가는 사람들의 발걸음이 뜸해질 것이다. 마을과 뒷산으로 이어져 있던 많은 샛길들도 숲이 울창해지면서 사라지고 말겠지. 노인들이 노쇠해지고 젊은이들이 마을을 떠나 버리면 마을을 지키고 살아가는 사람들도 줄어들 것이다.

하지만 선조들을 애도하고 기리는 풍습은 인류가 오랫동안 지켜 왔던 아름다운 문화라고 생각한다. 수천 년 동안 이어져 오면서 사람과 사람 사이를 연결해 주었던 교류와 계승의 전통이 사라져 가는 것이 안타깝다. 전통을 기억하고 보전한다는 것이 요즘 시대에는 어울리지 않는 생각일지 모르지만 나는 앞

으로도 조상을 기리고 애도하는 문화가 계속 전승되기를 바란
다. 절차가 간소화되어 예전처럼 온전한 모습이 아니더라도 말
이다.

상실은 후유증을 남긴다

권인걸

　'상실'은 어떤 단어보다도 무거운 정서를 담고 있는 것 같다. 소중한 존재를 상실했을 때 우리는 폭풍처럼 몰아치는 온갖 감정에 휩쓸린다. 충격에 빠져 현실을 부정하고, 슬픔에 젖어 눈물을 흘린다. 후회와 미련은 가슴을 아프게 쥔다. 그러다 우울감이 엄습해 온다. 마치 큰 돌을 묶고 물에 빠진 것처럼 서서히 가라앉는다. 괴로움에 발버둥을 쳐 보지만 빠져나오기는 쉽지 않다.

　상실의 원인이 갑작스러운 죽음일 때, 그 고통은 훨씬 더 가혹하다. 무방비 상태로 상실을 마주해야 하기 때문이다. 이때 감정은 더욱 격렬하게 요동치고, 극심한 정신적 충격을 받는다.

적절한 조치를 취하지 않으면 상실의 후유증으로 오랫동안 고통 받을 가능성이 크다. 이를 막기 위해 필요한 것이 바로 애도이다. 애도는 상실에서 비롯된 감정을 추스르고, 상처를 치유하는 과정이다. 나아가 상실의 경험을 딛고 성숙해 가는 시간이기도 하다. 흔히 애도는 떠난 이를 위한 것이라 생각하지만 실은 남겨진 이들을 위해 필요하다.

대부분의 사람들이 애도에 서투르다. 터뜨려야 할 슬픔을 꾸역꾸역 삼키는 경우가 허다하다. 어디서도 애도에 대해 배운 적이 없고, 평소에 관심을 갖지 않으니 당연한 일이다. 죽음으로 인한 상실의 고통을 굳이 떠올리고 싶은 사람은 없을 테니 말이다. 나 또한 마찬가지이다. 지금까지 마주한 몇 차례의 죽음 앞에서 나는 차오르는 감정을 꾹꾹 눌러 삼키기만 했다. 상처를 치유한다든가 상실을 통해 성숙해진다는 건 생각해 본 적이 없다. 상실이 내게 남긴 상처가 무엇인지 의식조차 하지 못했다. 그런데 오랜 시간이 지나 돌이켜 보니 내게도 후유증이 남아 있었다.

내 기억 속에서 가장 처음 만난 죽음은 민물가재의 죽음이다. 초등학교 2학년 즈음, 당시 지방 소도시에서 살았던 나는 같은 반 친구에게 민물가재 한 마리를 선물 받았다. 친구가 직접 잡았다는 민물가재는 내 손바닥만큼이나 작았다. 그런데 그

조그마한 몸이 꿈틀꿈틀 살아 움직이는 게 어찌나 신기하던지 금세 민물가재에게 반하고 말았다. 나는 반을 자른 페트병에 민물가재를 담아 품에 안고 집으로 돌아왔다.

집에 도착하자마자 나는 민물가재의 집을 만드느라 부산을 떨었다. 원통 모양의 널따란 통 안에 작은 돌멩이를 주워 와 넣고, 근처의 풀을 뜯어다 넣어 그럴싸한 수조를 만들었다. 언젠가 어린이 백과사전에서 봤던 그림을 떠올리며 나름대로 비슷하게 흉내를 낸 것이다. 뚝딱 집을 만들고는 좁은 페트병에서 답답했을 민물가재를 조심조심 꺼내 새로운 보금자리에 놓아주었다. 민물가재가 마음에 들어 할까 조마조마하며 가만히 쳐다보았는데, 민물가재가 물속에서 천천히 몸을 움직였다. 한참 동안 그 모습을 들여다보며 나는 흐뭇한 미소를 지었다.

그런데 잠시 후, 정신이 퍼뜩 들었다. 민물가재의 먹이! 나는 민물가재가 뭘 먹고 사는지 전혀 모르고 있었다. 지금처럼 컴퓨터와 스마트폰이 있던 시절이 아니었기 때문에 검색을 할 수도 없었다. 뭐든 다 알고 있을 것 같은 할머니께 여쭤 봤지만 할머니도 모른다는 대답뿐이었다. 나는 어찌해야 할지 모르는 채로 민물가재를 바라만 보았다. 그로부터 이틀이 지났다.

나는 평소처럼 아침에 눈을 뜨자마자 민물가재부터 살폈다. 그런데 민물가재가 온데간데없이 사라져 버렸다. 온 집을 샅샅

이 뒤졌지만 민물가재를 찾을 수가 없었다.

결국 민물가재는 소파 밑에서 죽은 채로 발견되었다. 둥글게 말린 민물가재의 몸에는 소파 밑에 쌓여 있던 먼지가 잔뜩 붙어 있었다. 그 모습이 어린 나에게는 적잖이 충격이었다. 나는 순간적으로 감정이 북받쳐 올라 하염없이 눈물을 쏟았다. 얼굴을 파묻고는 꺼이꺼이 울었다. 가족들은 민물가재 한 마리가 죽었다고 뭘 그렇게 우느냐고 생각했을 것이다. 하지만 내가 눈물을 흘린 것은 단순히 민물가재가 죽은 것이 슬퍼서가 아니었다. 나 때문에 죽었다는 죄책감 때문이었다.

그때 나는 서툰 애정과 어설픈 호기심으로 인해 한 생명이 사라지고 말았다는 것에 책임을 느꼈어야 했다. 그래야 비슷한 상황을 또 경험했을 때 진정한 사랑을 줄 수 있을 것이다. 하지만 그때 나는 이렇게 다짐했다.

'다시는 어떤 동물도 키우지 않을 거야.'

치유와 성장이 아닌, 관계의 회피를 선택했던 것이다.

그 후로도 나는 몇 번의 상실을 경험했다. 애도의 과정은 전혀 나아지지 않았다. 제대로 처리하지 못한 감정이 마음 한편에 켜켜이 쌓이다 보니 어떤 대상과 친밀감을 형성하고 깊은 관계로 나아가는 것을 점점 두려워하게 됐다. 아주 가까워지는 것보단 어느 정도 거리를 두는 편이 낫다고 생각했다. 그래야 상실의 순간이 와도 덜 괴로울 테니까. 괴로울 바엔 차라리 조금 외로워지는 게 나을 거라 여긴 것이다.

상실의 후유증은 사람마다 자기 비난, 우울증, 폭력성 등 다양한 형태로 나타날 수 있다. 이는 감정을 제대로 처리하지 못한 데서 비롯된다고 한다. 충분히 애도의 시간을 가져야 하는데 감정을 빨리 수습하려다 보니 부작용이 생긴 것이다. 우리는 왜 상처가 아물기도 전에 성급히 애도를 끝내는 걸까? 여러 가지 이유가 있겠지만, 개인적으로든 사회적으로든 부정적인 감정 표출에 대한 관용이 부족해서가 아닐까 싶다. 단적으로 우리는 부정적인 감정을 밖으로 '내보내야 한다'고 생각하기보단 '이겨내야 한다'고 말하지 않는가. 그런 식으로 감정에 대처하다 보면 배출돼야 할 감정이 마음속에 점점 쌓이게 되고, 결국 후유증으로 나타날 수밖에 없다.

후유증이 남았다는 건 달리 말해 애도가 미완에 그쳤다는 뜻이다. 시간이 약이라며 괜찮아질 거라고들 위로하지만, 그것은 반쪽짜리 진실이다. 진정한 애도가 충분히 이뤄지지 않으면 아무리 시간이 흘러도 감정의 찌꺼기는 남게 된다. 그것이 괴롭고 아프다면 우리는 다시금 애도의 시간을 가져야 할 필요가 있다.

그렇다면 어떻게 해야 제대로 애도할 수 있을까? 애도하는 방법은 여러 가지이다. 고인과의 추억이 담긴 장소를 방문하거나 추도문·추도시를 읽거나 슬픈 노래나 영화를 감상하는 등 무엇이든 훌륭한 애도가 될 수 있다.

내가 찾은 가장 훌륭한 애도 방법은 글쓰기였다. 글을 쓰다 보면 자연스레 감정을 밖으로 꺼내게 되고, 자신이 겪은 죽음과 상실을 좀 더 다각도로 생각해 볼 수 있었다. 많은 사람들이 타인 앞에서 약한 모습을 보이는 걸 부끄럽게 생각하거나 거부감을 느낀다. 하지만 종이 앞에선 그런 감정을 느낄 필요가 없다. 아무리 붙들고 늘어져도 종이는 전혀 피곤해하지 않는다. 어설픈 위로의 말도 건네지 않은 채 조용히 무슨 말이든 다 받아 준다. 따라서 글을 쓰는 사람은 그저 솔직해지기만 하면 된다. 지금 느끼는 감정은 어떤지, 떠난 사람이 자신에게 어떤 존재였는지, 그 사람의 죽음으로 인해 무엇이 가장 괴로운지, 어떤 후회와 미련이 남으며, 만약 돌이킬 수 있다면 어떻게 하고 싶은지 등 떠오르는 생각을 모두 쓰는 것이다. 굳이 잘 쓰려 애쓰지 않아도 된다. 그러다 눈시울이 붉어지면 기꺼이 눈물을 흘리고, 속이 답답해지면 시원하게 소리를 지르는 것도 좋다.

흔히 애도는 떠난 이를 '잘 보내기 위한 것'이라고 한다. 하지만 진정한 애도는 떠난 이가 우리 마음속에 '잘 살아 있도록 하기 위한 것'이다. 만약 감정이 쌓여 있으면 떠난 이를 위한 마음의 공간은 그만큼 협소하고 지저분해질 것이다. 당연히 떠난 이와 남은 이 모두에게 좋을 리 없다. 그런 의미에서 글쓰기는 청소와 같다. 청소를 하다 보면 버려야 할 것들을 발견하게 되듯, 글을 쓰다 보면 보듬어야 할 상처와 버려야 할 후유증을 발견하게 된다.

그래서 나는 상실의 후유증이 남은 사람에게 글쓰기를 권하고 싶다. 쓰는 것만으로도 좋지만 완성한 글을 누군가에게 들려줄 수 있다면 더욱 좋다. 자신의 솔직한 이야기를 누군가와 함께 나눈다면 감정을 자연스레 추스를 수 있고, 상처 또한 아물어 갈 것이기 때문이다. 그러다 보면 어느 순간 성숙해진 자신을 만날 수 있을 것이다.

※안개꽃의 의미는 '죽음'입니다.

4장

문화와
예술 속
마지막 순간

누구도 잊지 못할 죽음

〈8월의 크리스마스〉

양종우

"삶이 소중한 이유는 언젠가 끝나기 때문이다."

소설 『변신』으로 유명한 프란츠 카프카의 말이다. 누구나 알고 있는 틀림없는 사실이지만, 대부분의 사람들은 자신의 삶이 언젠가 끝나리라는 것을 애써 외면한다. 이 세상에 자신이 존재하지 않는 상황을 상상하는 일은 무척 고통스럽고 괴로운 일이다. 그러나 인간이라면 누구나 삶의 끝에서는 죽음과 맞닥뜨려야 한다.

그저 멀리 떨어져서 외면하던 죽음이 어느 날 갑자기 나의 곁으로 바짝 다가올 수도 있다. 『모리와 함께한 화요일』에서 모리 교수는 "죽게 되리란 사실은 누구나 알지만, 자기가 죽는다고는 아무도 믿지 않지"라고 말했다. 그게 우리들의 모습이며, 인간의 진짜 얼굴이다. 그렇다면 인간을 무기력하게 만드는 죽음이 나에게 찾아온다면 어떻게 해야 할까? 만약 죽음이 사랑과 함께 찾아온다면 상대에게 무슨 말을 해야 할까?

영화 〈8월의 크리스마스〉는 어느 날 갑자기 생의 종착역에 다다른 한 남자의 시선을 통해 죽음과 일상, 그리고 사랑을 이야기하고 있다. 주인공 정원(한석규)은 아버지에게 물려받은 사진관을 운영하며 평범하게 살아가는 남자이다. 그러던 어느 날 그는 자신의 생이 얼마 남지 않았다는 사실을 알게 된다. 그러자 그는 운명을 담담하게 받아들이며 주변 일상을 차분히 정리하려고 애쓴다. 그런데 하필이면 그때 정원에게 예기치 못한 일이 찾아온다. 조용히 떠나려고 했던 그의 죽음 앞에 '사랑'이 불쑥 나타난 것이다.

정원 앞에 느닷없이 등장한 다림(심은하)은 구청에서 주차 단속요원으로 일하는 여자이다. 연약한 몸과 앳된 얼굴로 완고하고 말 안 듣는 자동차 주인들을 매일 상대하느라 그녀는 항상 지쳐 있다. 그런 그녀에게 정원의 사진관은 피곤하고 무더운 8월의 일상 속에서 작은 기쁨을 느낄 수 있는 공간이다. 그곳에는 볼 때마다 말없이 웃어 주는 정원이 기다리고 있다. 그들은 자신들도 모르는 사이에 서로에게 조금씩 빠져들게 된다.

정원은 어머니를 일찍 떠나보낸 뒤 친구들이 모두 집으로 돌아가 버린 텅 빈 운동장을 좋아했다. 어린 시절 뛰놀던 학교 운동장에서 과거를 추억하며 현재의 일상을 물끄러미 바라볼 때 정원의 내레이션이 흐른다.

"내가 어렸을 때는 아이들이 모두 가 버린 텅 빈 운동장에 남아 있기를 좋아했었다. 그곳에서 돌아가신 어머니를 생각하고, 아버지도 그리고 나도 언젠가는 사라져 버린다는 생각을 하곤 했었다."

이 영화에서 계절이 바뀔 때마다 등장하는 아무도 없는 운동장의 모습은 죽는 순간 홀로 떠나야 하는 인간의 운명을 나타낸 것인지도 모른다. 죽음은 어느 누구에게도 예외 없이 예고 없이 찾아오는 비극이다. 죽음 앞에서는 그 어떤 선택도 있을 수가 없으며, 그저 순순히 받아들여야 한다.

정원은 주위 사람들이 알아채지 못하게 서서히 떠날 준비를 시작한다. 친한 친구들과 뜬금없이 단체 사진을 찍기도 하고, 혼자서 비디오를 틀지 못하는 아버지에게 리모컨 사용법을 알려 주기도 한다. 몇 번을 가르쳐 줘도 아버지가 제대로 이해하지 못하자 정원은 화를 내며 문을 박차고 나가 버리지만 정원은 다시 책상에 앉아서 비디오 사용법을 종이에 쓰기 시작한다. 늙은 아버지를 위해 사진관의 현상기계 사용법도 사진까지

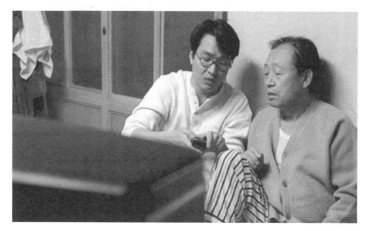

영화 〈8월의 크리스마스〉 중 한 장면

정원은 주위 사람들이 알아채지 못하게 서서히 떠날 준비를 시작한다.
친한 친구들과 뜬금없이 단체 사진을 찍기도 하고,
혼자서 비디오를 틀지 못하는 아버지에게 리모컨 사용법을 알려 주기도 한다.

덧붙여서 그는 꼼꼼하게 적는다.

이처럼 자신의 일상을 담담하게 정리하는 정원도 다림에 대한 마음은 쉽게 놓지 못한다. 정원은 다림에게 더 이상 나아가면 안 된다는 것을 잘 알고 있었다. 그래서 마음을 다잡고 사진관에 나가지 않다가 마지막으로 사진관을 정리하러 가서는 다림의 편지를 발견한다. 그리고 답장을 써서 그녀를 찾아가지만 멀리서 하염없이 바라보기만 할 뿐이다. 무섭고 두려운 죽음 앞에서도 자신에게 다가온 사랑에 상처를 주기 싫었던 그는 끝까지 다림에게 자신의 운명을 알리지 않는다. 자신의 마지막 사랑을 아름답게 간직하기 위해서.

어쩌면 '죽음' 그 자체는 두려운 것이 아닐 수도 있다. 그보다 더 무서운 것은 누군가의 기억 속에서 잊힌다는 사실이다. 사람들은 누군가에게 의미 있는 사람이 되기를 바라며, 누군가의 기억 속에 오래도록 남길 원한다. 정원도 다림의 기억 속에 오래도록 남고 싶었을 것이다. 그래서 생의 마지막 사랑에 흠집이 나지 않도록 죽음에 대한 두려움과 이별에 대한 슬픔을 끝까지 그녀에게 보여 주지 않았다. 정원의 마지막 배려는 남아 있는 사람들을 위한 마지막 선물이었다.

"내 기억 속에 무수한 사진들처럼 사랑도 언젠가 추억으로 그친다는 것을 난 알고 있었습니다. 하지만 당신만은 추억이 되질 않았습니다. 사랑을 간직한 채 떠날 수 있게 해준 당신께 고맙다는 말을 남깁니다."

8월이 무더위와 함께 지나가고 어느 겨울 날 다림은 우연히 사진관 앞을 지나가게 된다. 사진관 앞에서 그녀는 정원이 찍어준 자신의 사진을 발견하고 미소를 짓는다.

지금 다림은 어쩌면 두 아이의 엄마가 되어 있을지도 모르겠다. 정원과의 짧았던 사랑은 마음속 어딘가에 추억으로 고이 간직한 채로 말이다. 이 세상에 존재하는 모든 사랑은 언젠가 끝이 나지만, 사랑했던 그 순간들은 그들 가슴 속에 영원히 새겨진다. 다림의 삶 속에도 정원과 나눴던 짧은 사랑의 추억이 남아 있을 것이다.

우리는 모두 언젠가 바람처럼 사라질 것이다. 지금 이 글을 쓰고 있는 나에게도, 지금 이 글을 읽고 있는 당신에게도 생의 마지막은 어김없이 찾아온다. 영화 속 정원처럼 담담히 준비할 시간이 없을지도 모른다. 하지만 그들과 함께한 추억은 오늘의 나를 살아가게 하는 원동력이 될 수 있을 것이다.

영화 속 다림의 마음속에 정원이 살아 있는 것처럼.

그 죽음에 응답하리라

〈한공주〉, 〈시〉

한창욱

　나는 죽은 사람을 실제로 본 적이 단 한 번도 없다. 그게 운이 좋은 것인지 나쁜 것인지 모르겠지만 어쨌든 그래서 죽음은 나에게 오로지 관념적으로 느껴진다. 죽음의 싸늘함과 창백함은 그저 머릿속에서 맴돈다.

　내가 본 죽음이라고는 각종 미디어에서 본 것들뿐이다. 현실의 복제품에 불과한 그곳에는 죽음이 즐비하다. 피로 뒤덮인 죽음도 있고, 한참을 굶어 일어나지 못하는 죽음도 있는데 대체로 나와는 상관없다고 여긴다. 물론 안타까운 생각이 들긴 하지만 깊은 슬픔에 빠지는 일은 흔치 않다. 어느 때는 '나는 저렇게 되지 않았으면 해' 혹은 '내가 아니라 다행이야' 하는 불순

한 마음이 들기도 한다.

그런데 아이러니하게도 일면식도 없는 타인의 죽음에 책임을 느낄 때가 있다. 이는 일종의 의무감이자 부채감 같은 것이라고 할 수 있다. 죽음의 과정 일부분이 나의 일상과 접하고, 그로 인해 나도 그 죽음에 발을 담그고 말았다는 느낌이랄까. 그래서 어떻게든 그 죽음에 응답하여 부채감을 덜어 내려 하는데 그것이 바로 애도이다. 미안하다고, 잊지 않겠다고 되뇌며 의무감과 부채감을 해결하는 방식은 곧 죽음을 애도하는 방식과도 같을지 모르겠다.

2014년에 개봉한 영화 〈한공주〉와 그보다 앞선 2010년에 개봉한 영화 〈시〉는 죽음에 대한 의무감과 부채감을 말하고 있다. 〈한공주〉에서는 성폭행당한 여학생의 이야기를, 〈시〉에서는 성폭행에 가담한 손자를 둔 여성의 이야기를 다루는데 두 영화는 비슷한 문제를 조금 다른 위치에서 바라보고 있다.

〈한공주〉는 밀양에서 일어난 실제 사건을 모티브로 한 영화로 '한공주'는 주인공 여중생의 이름이다. 영화에서 공주는 성폭행을 당한 피해자임에도 불구하고 사회의 폭압에 밀려 추방당한다. 그렇게 힘없이 세상에 떠밀리다가 자신의 상처를 안고 돌아올 수 없는 강을 건너고 만다.

〈시〉에서도 한 여학생이 세상을 떠난다. 그 여학생도 공주처럼 성폭행을 당했고, 치욕을 견디지 못해 차가운 강에 뛰어들었다. 주인공 미자는 손자가 그 죽음에 관여했다는 사실을 알게 된 후, 자신이 그 죽음에 응답해야 한다는 듯한 느낌에 사로잡히면서 죽음 주변을 맴돈다.

두 영화 중 한쪽은 희생자가 어떻게 사회로부터 외면받는지 희생자의 입장에서 보여 주고, 또 다른 쪽은 사회가 희생자를 어떻게 바라보는지 가해자 가족의 입장에서 전한다. 〈한공주〉가 희생자를 통해 관객을 사회의 외면에 연결하려 한다면, 〈시〉는 가해자 가족을 통해 관객을 죽음에 응답해야 하는 책임에 연결한다. 조금 다른 듯하지만 두 영화는 모두 사회적 타살, 혹은 사회적 죽음에 대한 태도와 애도의 방식을 말하고 있다.

〈한공주〉에서 공주는 일그러진 충동의 희생양이 되어 집단강간을 당한다. 어른들은 이 사건을 알고도 공주를 감싸기보다는 그저 사건을 덮기에 급급한다.

공주가 유린당하는 장면이 나오기 전에 교실에서 선생님이 묻는다. '사실은 무엇이고 진실은 무엇인가?' 이 질문을 뒤로하며 우리는 '진실'이 놓여 있는 그곳으로 한 걸음씩 다가간다. 그리고 진실로 가는 열쇠인 '사실'과 만나며 다시 진실은 무엇인가 하는 질문과 마주한다. 이 질문은 사실이 머금고 있는 문제의식과도 같다.

영화 〈시〉는 〈한공주〉의 이런 문제의식을 공유한다. 미자는 자신의 손자가 한 여학생을 성폭행했다는 사실을 또 다른 가해자의 부모에게 듣는다. 가해자 부모들은 성폭행 사건이 세상에 알려질까 걱정하고 그것 때문에 제 자식이 감옥에 갈까 두려워한다. 그래서 단 한 명도 빠짐없이 이 사건을 덮는 데 동의한다. 그 누구도 희생당한 여학생과 그 가족을 걱정하지 않는다.

미자는 사람들의 이런 모습이 께름칙하면서도 손자를 걱정해 다른 학부모들의 계획에 반대하지 않는다. 하지만 그녀의 불편한 마음은 가시지 않는다. 손자는 마치 아무 일도 없었고, 아무 일도 아니라는 듯이 밥을 먹고 텔레비전을 본다. 손자가 조금이라도 죄의식을 보여 주었다면 미자의 마음이 그리 불편하진 않았을 것이다. 그리고 그녀가 여학생의 죽음에 응답해야 할 책임도 느끼지 않았을 것이다.

〈한공주〉의 세상도 죄의식이 처참하게 무너졌다. 공주는 자신이 잘못한 게 없다며 나지막이 말했지만, 누구도 제대로 듣지 못한다. 관객들이 무력한 공주를 보며 좀 더 힘을 내 주기를 바랄 때 은희라는 친구가 등장한다. 관객은 선의로 다가오는 은희를 통해 공주가 세상과 당당히 싸울 수 있을 거라고 기대하지만 은희는 공주의 상처에 응답해야 하는 짐을 떠안아야 한다. 그 책임을 안기는 주체는 공주를 억누르는 세상인 동시에 관객

모두일 것이다.

〈한공주〉에서 은희가 선의의 주인공이라면, 〈시〉에서는 주인공 미자가 그런 역할을 맡는다. 그녀는 희생당한 여학생을 위한 추모 미사가 치러지는 성당을 찾아간다. 그곳에서 기도하면 희생자의 죽음에 응답할 수 있으리라 여겼던 것일까? 희생자 또래 여학생들의 시선 때문에 자리를 피해 나오는 도중에 미자는 희생된 여학생의 사진을 발견한다. 사진 속 여학생은 밝은 웃음을 짓고 있다. 미자는 그 사진을 자신의 가방에 슬쩍 집어넣는다. 자신만의 위령제 같은 것이 필요해서였을지도 모른다.

하지만 선의를 지닌 두 사람도 끔찍한 사실 앞에 어쩔 줄 모른다. 〈한공주〉에서 공주와 관련한 '사실'을 보았을 때 은희는 자신이 공주의 상처를 감당할 수 없다는 걸 알고 결국 공주를 외면해 버린다. 공주의 상처에 응답할 의무로부터 달아난 것이다. 이렇게 은희는 '사실'에 가로막혀 공유된 폭력과 사회적 타살이라는 진실에 닿지 못한다. 영화는 그런 은희를 통해 관객인 우리 자신도 별반 다르지 않음을 보여 주고 있다. 은희 혹은 우리는, 고장 난 세상의 일부로 멈추어 버리면서 '괜찮아, 공주야' 하는 말 한마디 건네지 못한 채 공주를 떠나보내야 한다.

미자도 희생자의 죽음에 부채감을 느끼면서도 그것을 어떻게 받아들여야 할지, 어떻게 표현해야 할지 모른다. 그러다 미자

영화 〈한공주〉

영화 〈시〉

는 그런 감정을 '시'를 통해 드러낸다. 미자는 문화센터에서 진행하는 시 강좌를 들으며 시상詩想을 찾아 헤맨다. 그녀는 희생당한 여학생을 떠올려야 하는 순간마다 '시'로 도망가려 한다. 시 속에 아름다움이 있다고 하니 그것을 통해 비참한 죽음에서 벗어나고 싶었던 것일지도 모른다.

〈한공주〉와 〈시〉에서 세상은 희생된 죽음 앞에서 침묵한다. 그 어디에도 진실한 애도는 없다. 남은 자의 잊고자 하는 욕망만이 꿈틀댈 뿐이다.

그런데 〈시〉에서 미자가 치매 초기로 들어섰다는 설정은 이 세상의 '망각' 욕망을 연상케 한다. 희생자를 잊고 싶어 하는 세상처럼 미자는 세월의 힘을 이기지 못하고 차츰 치매 증상을 보인다. 증상이 심해지기 전, 미자는 결심한다. 손자에게 피자를 먹이고, 손수 발톱을 손수 깎아 준 다음 경찰에 넘긴 것이다. 자신이 세상의 침묵을 망각하기 전 자신만의 방식으로 희생자에게 애도를 표한 것이다.

〈한공주〉에서 은희의 침묵은 다른 이의 외면보다 잔인했다. 공주가 자기 편이 하나도 없다는 것을 확인한 그 비정하고 잔혹한 순간, 화면은 강물을 비춘다. 그 순간 어디선가 공주를 부르는 소리가 들린다. 응원 소리이다. 발을 저어 앞으로 나가라는 외침이다. 이 외침은 '호소문'과도 같다. 영화는 약자에게 향하는 잔혹한 시선이 우리 모두의 책임이라고 전하고 있었다. 그리고 사실을 '아는 것'과 진실을 '보는 것'의 차이를 알아 달라고 말한다. 공주가 겪은 사실과 그 진실에 대한 책임은 곧 희생자를 제대로 응원해 주지 못한 우리 모두에게 있다고 말이다.

그래서일까. 〈시〉에서 미자가 쓴 시는 마치 〈한공주〉의 응원 소리에 응답하는 것처럼 느껴진다. 미자는 손자를 경찰에 넘긴 뒤 시를 썼다. '아네스의 노래'라는 제목의 시는 마치 세상을 떠난 아이에게 보내는 편지와도 같다. 그 시에서 우리는 어둠의 세계 저편 누군가에게 보내는 진실한 마음을 듣는다. 구슬프면서도 담담한 그 목소리는 죽음을 안고 간 강물에 실려 죽음에게로, 또 우리에게로 건너온다.

검은 강물을 건너기 전에
내 영혼의 마지막 숨을 다해
나는 꿈꾸기 시작합니다
어느 햇빛 맑은 아침 깨어나 부신 눈으로
머리맡에 선 당신을 만날 수 있기를

영화 〈한공주〉의 모티브가 된 사건의 실제 희생자는 세상으로부터 구원받지 못했다. '어디 제대로 사나 보자', '너 몸조심해라'와 같은 갖은 협박에 시달려야만 했다. 희생자를 보호해야 할 공권력도 그 아이를 별다른 조치 없이 내팽개쳐 두었다. 오히려 지역의 분위기가 나빠진 책임을 아이에게 돌렸다. 가해자 대부분은 솜방망이 처벌을 받았으며, 그중 일부는 육군 장교가 되거나 공무원, 경찰이 되었다. 그들이 행복한 삶을 누리는 동안 희생자는 우울증을 겪으며 시간제 근무로 생계를 이어 나갔다. 공주처럼 물에 뛰어들진 않았지만, 희생자에게 세상은 여전히 끔찍한 곳임이 틀림없을 것이다.

애도는 죽음에 대한 부채감에 반응하는 행위와 같다. 그리고 그것을 위해선 용기가 필요하다. 안일한 삶에서 벗어나 생존자와 희생자의 목소리를 듣기 위해선 제 의지로 눈을 부릅떠야 한다. 끔찍한 사실을 지켜보며 진실을 찾아야 한다. 제 가족의 안위만을 걱정하는 좁고 치졸한 마음을 넘어 희생자의 손을 잡아 주고, 그 등을 지켜야 한다. 희생자에게 돌을 던지는 폭력에 입을 다물고, 부패와 안이함을 못 본 체하는 행위들은 희생자를 통해 고스란히 드러난다. 이제 우리는 그들에게 먼저 손 내밀어 그들의 죽음에, 아니 그들이 죽기 전에 응답해야 할 것이다.

아주 특별한 장례식
〈스틸 라이프〉

김지아

    생의 한가운데에서 살아가는 우리가 죽음에 대해 진지하게 생각하는 시간을 갖기란 쉽지 않다. 지금 당장 해야 할 일이 산더미 같아서 죽음이란 존재가 있는지조차 잊고 살아간다. 그렇게 정신없이 앞만 보고 달려가다 갑자기 멈춰 설 때가 있는데 바로 다른 사람의 죽음 속에 나의 모습이 투영되어 보일 때이다. 타인의 죽음이 살아 있는 우리에게 내면의 성숙을 경험하게 하는 기폭제가 되는 셈이다.

    나에게는 2014년 유난히 많았던 안타까운 사고들이 그랬다. 꿈 많은 대학 새내기 10여 명의 목숨을 허무하게 앗아 간 경주 마우나오션리조트 체육관 붕괴 사고를 시작으로 전 국민의 트라우마가 되어 버린 세월호 사고, 퇴근하던 직장인들의 피해가 컸던 판교 공연 현장 환풍구 붕괴 사고 등은 누구나가 희생자가 될 수 있는 사고들이었다. 하루가 멀다 하고 연이어 보도되던 사고 소식들을 접하면서 나 또한 예외일 수 없음을 깨달았다. 미련과 후회만이 가득하다는 희생자 가족들의 말을 들으니 '나도 그들처럼 아무런 준비 없이 사랑하는 이들을 떠나보내게 되면 어떻게 하나'라는 불안감이 엄습해 왔다. 누군가를 잃는다는 상실감은 상상만으로도 그 어떤 공포 영화보다 무서웠다.

본능적인 반응이었을까. 나는 무방비 상태에서 사랑하는 사람들을 잃고 싶지 않았다. 그래서 죽음이 찾아오는 길목을 모두 차단하겠다고, 예상치 못한 죽음은 내 노력으로 피해 보겠다고 다짐했다. 그렇게 해서 소중한 이들과 좀 더 오랫동안 함께한다면 최후의 순간을 마주한다 하더라도 후회가 조금은 덜 남을 것 같았다.

하지만 죽음이 들어오는 길목마다 철옹성을 쌓아도 나는 여전히 불안했다. 죽음을 피해서 사랑하는 이들과 오래 행복하려 했는데, 어느 순간 나는 살기 위해 죽음을 거부하는 것이 아니라 죽지 않기 위해 살아가고 있었다.

그러다 죽음은 인간의 힘으로 막는다고 해서 막을 수 있는 것이 아니라는 진리를 뒤늦게 깨달았을 때 이런 생각이 들었다.

과연 죽음의 문턱에 섰을 때 가장 후회하는 것은 무엇일까? 죽음을 피하지 못했다는 사실일까 아니면 제대로 살지 못했다는 아쉬움일까? 답은 아무래도 후자인 것 같았다. 그리고 또 다른 생각이 이어졌다. 조금이라도 후회가 덜 남는 삶을 살려면 무엇을 해야 할까? 후회 없는 죽음을 맞이하는 방법을 고민하고 있을 즈음, 우연을 가장한 필연처럼 영화 〈스틸 라이프〉를 만났다. 그리고 영화 속 아주 특별한 장례식들은 고민에 대한 해답을 제시해 주었다. 그것은 바로 '기억'이었다.

영화 〈스틸 라이프〉는 런던 케닝턴 구청에서 22년간 고독사 처리 업무를 해 온 존 메이가 주인공이다. 영화 제목처럼 그의 삶은 한없이 정적^{still}이다. 입는 것도, 먹는 것도, 하는 일도, 심지어 움직이는 동선까지 늘 똑같이 반복된다. 그러던 어느 날 고요한 바다 같던 그의 인생에 큰 파장이 일어난다. 자신처럼 가족 없이 홀로 살던 앞집 남자 빌리 스토크의 장례를 맡게 된 것이다. 마음이 뒤숭숭한 때에 설상가상으로 직장 상사로부터 해고 통보까지 받는다. 모든 것이 엉망이 되어 버린 그 시점부터 존의 삶은 아이러니하게도 조금씩 활기차게 바뀌기 시작한다. 특히 마지막 업무인 빌리의 장례 준비를 하며 존은 난생 처음으로 살아 있음에 기쁨을 맛본다.

이 영화는 삶과 죽음을 관통하는 '기억'에 초점을 맞추어 진행된다. 조문객 하나 없는 텅 빈 장례식의 연속, 그 속에는 항상 존만 홀로 서 있다. 사실 그의 업무는 반나절이면 끝낼 수 있는 일이다. 그가 맡은 고인들은 장례식에 찾아올 가족도, 죽음을 슬퍼해 줄 지인도 없기 때문에 장례를 준비할 필요도 없이 화장해 버리면 끝이다. 그러나 그는 쉽게 잊힐 뻔한 고인들의 삶을 열심히 추적한다. 편지와 사진 등 유품들을 단서로 아무도 듣지 않는 추도문을 작성하고, 연락이 끊긴 지 오래인 가족과 지인들을 찾아 부고를 전한다. 그리고 아무도 관심 갖지 않는 장례식을 정성스럽게 준비한다.

하지만 유족들의 반응은 존의 노력이 무색할 만큼 냉담하다. "살아생전 좋은 부모가 아니었더라도, 최소한 자식이라면 장례식에는 참석해야 하지 않느냐"는 존의 말에 그들은 "이미 죽은 사람 아니냐. 당신 일이 아니니 신경 쓰지 말라"고 대답한다. 최소한의 애도조차 받지 못하는 이들을 유일하게 기억해 주는 이는 존뿐이다.

존이 고인들을 기억하는 방법은 그들이 남긴 '사진still shot'을 통해서이다. 그는 아무도 찾아가지 않는 고인들의 사진을 자신의 앨범에 고이 모아놓는다. 그리고 잠들기 전에 종종 사진을 어루만지며 그들을 잊지 않으려 한다.

사진은 빌리의 가족과 지인들의 기억 속에서 그를 불러내는

영화 〈스틸 라이프〉

아주 특별한 장례식들은
고민에 대한 해답을 제시해 주었다.
그것은 바로 '기억'이었다.

데에도 큰 역할을 한다. 행복한 순간에 찍었을 법한 빌리의 사진은 옛 직장 동료에겐 즐거웠던 순간을, 헤어진 연인에게는 사랑했던 기억을 떠올리게 했다. 딸의 어릴 적 사진을 고이 모아 놓은 한 권의 앨범은 아버지가 자신을 사랑하지 않았다고 믿어 온 딸 켈리에게 부정父情을 느끼게 해 주었다. 남아 있는 자들은 사진을 통해 떠난 이를 기억했으며, 그 기억은 고인의 영혼을 다시 살아나게 했다. 죽었지만 영원히 살아 있는 것처럼 말이다.

빌리의 장례를 치르면서 깨달음을 얻어서였을까 아니면 그동안 그가 떠나보낸 수많은 사람들의 고독사가 자신이 맞이할 미래와 다를 바 없음을 알게 된 것일까. 영화 중반부가 되면서 존의 행동이 점점 달라진다. 사실 존 역시 죽고 난 후 그를 기억해 줄 가족이나 친구가 없었다. 어제와 같은 오늘, 오늘과 같을 내일을 사는 단조로운 그의 삶에서 추억할 만한 것은 없었다. 이 사실을 깨달은 순간 존은 스스로에게 질문을 던졌을 것이다.

'과연 나의 삶은 누가 기억해 줄까? 나는 기억에 남을 만한 삶을 살고 있는가?'

그때부터 존은 기억에 남는 삶을 살기 위해 작은 변화를 시작한다. '기억'은 자신의 죽음을 준비하기 위해 선택한 방법이었다. 그는 늘 마시던 홍차 대신 핫초코를 주문하고, 늘 먹던

통조림 참치와 식빵 한 조각 대신 미트파이와 생선구이를 먹어 보려 한다. 작은 일탈에서 발견한 삶의 즐거움은 그를 더 큰 변화로 이끈다. 늘 입던 잿빛 정장 대신 하늘색 니트를 입어 보기도 하고, 자신을 해고한 상사의 차에 방뇨를 하기도 한다. 사랑의 감정도 느꼈다. 빌리의 딸 켈리를 향해 짓던 어색한 그의 미소는 사랑하는 사람을 통해 기억되고 싶은 그의 의지를 보여준다.

하지만 안타깝게도 존은 예상치 못한 사고로 죽음을 맞이한다. 자신의 죽음을 어떻게 준비해야 할지 막 깨달은 그에게 너무 잔혹한 결말이 아닌가! 그러나 어쩌겠는가. 이것이 바로 삶인 것을. 우베르토 파솔리니 감독은 존의 죽음을 통해 관객들에게 '죽음은 언제든지 당신을 찾아올 수 있다'는 강렬한 메시지를 전달하고자 했던 것 같다.

'메멘토 모리Memento Mori(죽음을 기억하라).'

이 말은 로마 개선장군 부대가 원정 전쟁에서 승리한 후 행진할 때 노예들에게 외치게 했던 말이다. 오늘은 비록 개선장군일지 모르나 내일 당장 죽을 수도 있다는 것을 상기시키기 위함이었다고 한다. 뉴스를 통해 들려오는 수많은 사고들 그리고 그로 인해 갑작스러운 죽음을 맞이한 사람들이 우리를 향해 외치는 듯하다. 메멘토 모리! 죽음을 기억하라고 말이다. 하지만 떠난 자들의 진심 어린 호소가 살아 있는 우리에게는 잘 들리지 않는다. 그래서인지 우리는 죽음이 생각보다 가까이에 있음을 잊은 채 살아간다. 다른 이의 죽음을 통해서도 깨닫지 못하다가, 정작 죽음이 눈앞에 다가온 순간 나도 예외가 아니었음을 깨닫고 후회한다.

죽음을 기억하자. 나의 죽음도, 타인의 죽음도 잊지 말자. 사랑하는 이들이 당장 내일 내 곁을 떠날 수도 있음을 기억하며 사랑하자. 내가 갑자기 지금 이 순간에 이 땅에서 사라질 수 있음을 기억하며 살아가자.

'카르페 디엠Carpe Diem(현재 이 순간에 충실하라).'

이 말은 어쩌면 메멘토 모리의 또 다른 표현일지도 모른다. 죽음을 기억함으로써 각자의 삶을 윤택하게 만드는 것만이 죽음을 맞이하는 가장 바람직한 방법이 아닐까. 떠나간 이들에 대한 애도도 마찬가지이다. 그들의 죽음을 잊지 않고 기억한다면 그들의 영혼만은 우리의 기억 속에서 영원히 함께 살아갈 것이다.

우베르토 파솔리니 감독은 한 인터뷰에서 "한 사회의 품격은 추모하는 방식에서 드러난다"고 했다. 추모 행렬이 끊이지 않았던 2014년 한 해, 영원히 잊지 않겠다고 떠나간 이들에게 약속했지만 주위를 돌아보면 우리는 벌써 그들의 죽음을 잊은 듯하다. 물론 기억하거나 잊는 것은 개인의 자유지만 이것만은 기억하자. 내가 그들의 죽음을 잊는 만큼 나의 죽음 또한 그리 오래 기억되지 않으리라는 사실을 말이다.

죽음을 마주하는 시간

〈히어 애프터〉

이임정

　　1948년 헝가리의 심리학자인 마리아 나기는 세 살부터 열 살까지의 어린아이가 가지는 생사관에 대해 연구했다. 그리고 어린아이는 죽음에 관해 대체로 '죽음이란 무엇일까?', '사람은 왜 죽는 것일까?', '죽은 다음에 사람은 어떻게 될까?'라는 세 가지 의문을 품는다고 밝혔다. 하지만 실제 현실에서는 '어린아이가 가지는 죽음에 대한 의문'은 거세당하고 두려움만 그 자리를 차지하고 있다. 그리고 가끔 문학, 영화나 예술 작품을 통해 우리는 간헐적으로 죽음과 마주하게 된다.

　　클린트 이스트우드 감독이 연출한 영화 〈히어 애프터〉는 죽음을 경험한 방식이 서로 다른 인물들의 이야기를 다룬다. 영매의 능력을 지녀 죽음을 넘나드는 조지와 죽음을 경험한 마리, 쌍둥이 형의 죽음을 겪은 마커스는 영화 후반부에 우연히 만나게 되고 이후 새로운 삶을 기대하며 영화는 끝난다.

조지는 사후 세계와 소통할 수 있는 능력을 지니고 있다. 이 특별한 능력 때문에 조지는 평범한 삶을 살지 못하고 사랑도 할 수 없게 된다. 누군가는 간절히 바라는 능력이 누군가에게는 고통을 안겨 주는 능력인 것이다. 조지는 자신의 특별한 능력을 저주라고 여기고 평범함으로 위장한 채 고독하게 살아간다. 하지만 사랑하는 이를 잃은 사람들은 조지를 찾아와 자신의 딸, 아내, 형제와 이야기할 수 있게 해 달라고 간곡히 부탁한다. 조지는 번번이 거절하지만 그럼에도 조지를 찾는 사람들은 제발 단 한 번만 이야기할 수 있게 해 달라, 돈은 주겠다, 모든 걸 드리겠다며 사정한다. 결국 조지는 자신이 바라는 평범한 일상을 이어 나가지 못하고 '내 삶은 살아 있는 게 죽어 있는 것만도 못하다'고 생각하게 된다. 그리고 영매로서의 삶을 거부하기 위해 여행을 떠난다.

한편 프랑스에서 인정받는 기자 마리는 휴가 중 갑작스런 쓰나미를 만나 죽음 너머 미지의 세계를 경험한다. 그리고 그 경험으로 인해 마리는 사후 세계에 관심을 갖게 된다. 하지만 현실에서 마리는 직장에서 퇴출당하고 출판사와의 계약도 파기당

한다. 그들은 마리가 겪은 사후 세계에 관심이 없었고 돈도 되지 않을 거라고 판단했다. 하지만 마리는 죽음을 알리는 일을 포기하지 않고 작은 출판사와 계약을 맺고 책을 출판한다. 출판 기념 낭독회는 과거 화려했던 그녀의 모습에 비해 초라했지만 마리는 묵묵히 책을 낭독한다. 그런데 우연히 낭독회에 참석한 조지는 자신과 달리 사후 세계에 대해 당당히 말하는 마리의 모습에 이끌린다.

또 다른 주인공 꼬마 마커스는 술과 약에 취해 사는 어머니와 쌍둥이 형과 함께 살고 있었다. 어머니는 쌍둥이를 돌볼 수 없는 상황이었지만 시설로 가기 싫은 아이들은 힘을 모아 어떻게든 가정을 지켜 나간다. 그러다 갑작스런 사고로 자신의 반쪽과 같은 쌍둥이 형을 잃은 마커스는 기관을 통해 입양되는데 이후 입을 닫아 버린다. 그러던 중 우연히 조지를 만난 마커스는 죽은 쌍둥이 형과 대화하기 위해 하루 종일 조지를 따라다닌다. 조지를 통해 쌍둥이 형과 이야기를 하게 된 마커스는 처음으로 감정을 드러낸다.

"안 돼. 제이슨…… 가지 마. 안 돼. 날 떠나지 마……. 나 혼자 여기 살기 싫어. …… 제발 가지 마. 보고 싶어."

울면서 애원해도 형은 떠나 버리고 마커스는 조지에게 형이 어디로 가느냐고 묻는다. 하지만 조지는 "미안하지만 나도 몰

영화 〈히어 애프터〉

라"라고 대답한다.

사실 이 영화는 등장인물들이 영화 후반부까지도 교차점이 없이 고통스러워하고 방황하는 모습만 보여 준다. 각자 다른 식으로 죽음을 경험한 세 사람은 영화의 후반부에 잠시 만나게 되는데 이들이 우연히 만나게 되는 단 하루 동안 그들은 더 이상 죽음이 고통이 아님을 자각하게 된다. 마리가 보여 주는 죽음을 대하는 당당한 태도와 방식은 조지에게 탈출로를 제공한다. 또한 조지는 마커스와 죽은 형을 만나게 해 주면서 준비되지 않았던, 받아들일 수 없었던 헤어짐이 닫혀 있는 이별이 아님을 알려 준다. 마커스는 조지와 헤어지면서 조지에게 마리를 만나라는 응원의 말을 건네는데 이 말은 조지가 남들과 다르지 않음을 인정하는 것이다. 결말에 이르러 마리와 조지, 마커스 세 사람의 만남은 그들이 더 이상 죽음을 거부하지 않고 받아들인다는 결론을 담고 있다.

영화가 만들어 낸 허구와 판타지를 관객이 현실처럼 느끼게 하는 것, 이것을 영화적 체험이라고 한다. 그럼 감독 클린트 이스트우드는 관객들이 이 영화를 통해 어떤 영화적 체험을 하길 바랐을까?

영화를 보고 난 후 조지를 찾아온 사람들의 표정이 머릿속에서 지워지지 않았다. 그 절박함과 먹먹한 애절함이 말이다.

그리고 어린아이들이 가지는 물음처럼 '죽음이란 무엇인가' 궁금해졌다.

영화에서 마커스는 형의 "넌 혼자가 아니야"라는 마지막 말에 세상으로 한 걸음 나아가는 힘을 얻는다. 마커스는 형이 다시 살아나기를 원한 것이 아니었다. 그저 나누지 못한 말 한마디를 건네고 싶었던 것이다.

함께하고 싶은 사람과 불가항력적으로 이별하게 되는 것이 바로 죽음이다. 흔히 죽음을 어느 날 갑자기 찾아온 불행이라고 말하지만 죽음을 밀어내고 싶어 하기 때문에 죽음을 갑작스럽다고 느끼는 것은 아닐까. 만약 갑자기 이별을 맞이했다면 나는 어떤 말을 하고 싶을까? 영화 속 조지와 같은 영매를 현실 속에서는 만날 수 없다. 그래서 나는 지금 이 순간 소중한 사람들에게 직접 말을 건넬 것이다. 갑작스러운 이별에 못다 한 말이 남아 후회하지 않기 위해서라도.

남겨진 뒤
후회하지 않도록
〈사랑 후에 남겨진 것들〉

장인선

　몇 달 전 이모부가 지병으로 돌아가셨을 때, 이모는 내 손을 잡고 "이모부가 너희들한테 안 좋은 모습 보여준 거 미안해. 다 잊어 주렴" 하고 말씀하셨다. 오래전 명절 귀경길에 차 안에서 두 분이 다툰 적이 있었는데, 그게 내내 마음에 걸리셨는지 장례식장에서 불쑥 그런 말을 한 것이다. 그러면서 이모는 이모부가 꿈에 자주 나타난다며 눈물을 훔치셨다. 그런 이모의 모습을 보면서 문득 몇 년 전에 본 영화가 떠올랐다. 독일 감독 도리스 도리의 〈사랑 후에 남겨진 것들〉이라는 영화이다.

　이 영화의 여주인공 트루디는 의사에게 남편 루디가 암 말기라는 선고를 듣는다. 트루디는 루디에게 차마 병에 대해 말하지 못하고 대신 도시에 사는 자녀들을 보러 가자며 마지막이 될지 모를 여행을 제안한다. 하지만 자식들은 바쁘다며 찾아온 부모님을 귀찮아 하고 결국 두 사람은 마지막으로 함께 여행을 갔던 발틱으로 가서 둘만의 시간을 보낸다. 그런데 그곳에서 트루디가 갑자기 죽음을 맞이하고 루디는 아내의 죽음을 받아들이지 못하고 슬퍼한다. 그리고 아내가 모든 생을 자식들과 자신에게 바쳤다며, 이렇게 갑자기 갈 줄 알았다면 좀 더 잘해 주었을 것이라며 흐느낀다.

장례식을 마치고 집으로 돌아온 루디는 온통 아내의 흔적이 남아 있는 집 안에서 슬퍼하다가 생전에 아내가 그토록 가고 싶어 했던 일본으로 떠난다. 트루디는 벚꽃과 후지산을 보러 가고 싶어 했지만 그때마다 루디는 산은 산일 뿐이라며 아내의 소원을 들어주지 않았다. 루디는 트루디의 스웨터와 치마를 입고 목걸이를 건 채 도쿄 여기저기를 배회하고 만발한 벚꽃을 보며 당신을 위한 것이라고 아내에게 말한다.

그러던 중 루디는 그곳에서 부토춤(암흑의 춤, 죽음의 춤)을 추는 소녀 유를 만난다. 유 역시 일 년 전 엄마를 잃은 아픔이 있었다. 둘은 사랑하는 사람과 헤어졌다는 동질감에 나이와 나라를 초월해 서로를 이해하고 아픔을 공감하며 우정을 나눈다. 아내가 그토록 배우고 싶었던 부토춤에 대해 부정적이었던 루디는 유와 함께 부토춤을 추면서 아내에 대한 그리움을 달래고 아픔을 잊을 수 있었다. 루디는 유와 함께 후지산을 보러 가는데, 후지산은 구름에 가려 쉽게 모습을 드러내지 않는다. 하루하루를 안타까움으로 보내던 루디는 어느 날 드디어 모습을 드러낸 후지산을 보고는 얼굴에 회칠을 하고 아내가 입던 분홍색 기모노 가운을 걸치고 정신없이 그곳으로 달려간다. 루디는 하얀 눈이 덮인 후지산과 후지산이 담긴 호숫가에서 부토춤을 추는데 그의 간절한 그리움이 죽은 아내를 불러내 그는 마지막 순간 아내와 함께 부토춤을 춘다.

평생을 일만 하느라 사랑하는 사람이 원하는 것을 들어주지 못한 죄책감과 미안함 그리고 이제라도 사랑하는 사람의 소원을 이뤄 줘야겠다는 루디의 간절한 마음이 그를 낯선 세계로 이끌어 부토춤을 추게 했을 것이다. 평생을 자신의 곁에서 묵묵히 가정을 돌본 아내에 대한 사랑과 고마움, 애틋함을 담아서 말이다. 루디의 부토춤은 사랑하는 아내에 대한 애도였던 셈이다. 아내의 영혼과 만나 온전히 하나가 된 루디는 편안하게 죽음을 맞이한다.

트루디는 죽은 다음에야 그녀의 간절한 바람을 이루었지만 그것은 그녀를 그리워하고 사랑하는 남편이 있었기에 가능한 일이었다. 트루디는 하늘에서 행복한 미소를 짓지 않았을까.

영화 〈사랑 후에 남겨진 것들〉 중 한 장면

루디의 부토춤은 사랑하는 아내에 대한 애도였던 셈이다.
아내의 영혼과 만나 온전히 하나가 된 루디는
편안하게 죽음을 맞이한다.

베를린에서 자녀들과 함께한 식사 자리에서 트루디는 연극 대사를 읊듯 이런 말을 한다.

"하루살인 짧은 하루밖에 없어. 고통의 단 하루, 욕망의 단 하루, 오 거기 떠돌게 놔두렴. 그의 천국은 영원하고 그 보상인 그 생은 단 하루."

이 영화의 원제는 체리블라썸Cherry Blossoms(벚꽃)이다. 벚꽃은 사람들에게 영롱한 아름다움을 선사하지만 아주 잠깐 동안 꽃을 피우고 금세 지고 만다. 우리의 삶도 잠깐 피었다가 지는 벚꽃과 같다. 더 일찍 피고 지고의 차이는 있지만 영원히 시들지 않고, 지지 않는 꽃은 없다. 어쩌면 우리 모두 하루살이의 삶을 살고 있는지도 모른다. 영원히 살 것처럼 살아가지만 예기치 않은 사고로 당장 내일 사랑하는 사람과 이별을 맞을 수도 있다.

죽음을 미리 생각하거나 준비하는 사람은 없는 듯하다. 죽음이 자신만은 비켜 가리라 생각하거나 삶이 무한한 것처럼 생각하고 살아간다. 평생을 자식과 남편의 뒷바라지를 하며 엄마라는 이름, 아내라는 이름으로 살아온 루디. 그러나 엄마의, 아내의 소중함을 모르다가 그녀가 죽은 후에야 후회하는 남겨진 사람들. 우리들도 영화 속 루디와 자식들의 모습과 다르지 않을 것이다.

나는 아직 가까운 사람들을 죽음으로 떠나보낸 적이 없다.

그런데 몇 년 전 어느 모임에서 유서를 써 본 적이 있다. 가상이 긴 하지만 처음으로 죽음과 마주하고 사랑하는 사람들과의 이별을 미리 경험한 것이다. 생에 그다지 미련이 없다고, 지금 죽어도 크게 슬프거나 속상하지 않을 거라 생각했는데 막상 지나온 삶을 돌아보고 남겨진 사람들을 생각하니 나도 모르게 눈물이 흘렀다. 그리고 다른 어떤 것보다 후회되고 아쉬웠던 것은 부모님께 따뜻하고 다정하게 말을 걸지 못했다는 점이었다. 부모님의 사랑을 간섭이라 여기고 무뚝뚝하고 쌀쌀맞게 대한 점, 거의 대화를 나누지 않는 아버지와의 관계 등 온통 후회투성이였다.

나는 과거의 상처와 기억에 얽매여 아버지를 미워했다. 퇴직 후에는 집에만 계신 모습이 무능력해 보였고, 아버지 대신 생계를 꾸리는 엄마가 안쓰러워 아버지를 더욱 원망했다. 그런 나의 잘못된 행동이 떠올라 죄책감이 나를 괴롭혔다. 하지만 그런 반성을 하고 집으로 돌아가도 달라진 내 모습은 오래가지 못했다. 아버지를 잃은 친구들은 살아 계실 때 잘하라고 말하지만 직접 겪지 않고서는 깨닫기 힘들다.

만약 내일 뜻하지 않게 아버지와 이별을 한다면 나 역시 루디처럼 미안함에 힘들어 할 텐데, 그것을 알면서도 선뜻 아빠에게 손 내밀지 못한다. 가족들은 항상 그 자리에 있기 때문에 사랑하고 귀 기울이지 않는지도 모른다. 그러나 우리는 작별 인사를 할 시간을 갖지 못한 채 사랑하는 사람을 떠나보낼 수도 있다. 결혼도 하지 않은 내가 영화를 보고 새벽 내내 가슴을 부여잡으며 슬퍼했던 것은 루디의 아픔에 공감해서였을 것이다.

죽음 이후에 고통과 슬픔을 극복하는 애도, 달리 보면 지금이 순간 나의 곁에 있는 소중한 사람과 화해하는 것이야말로 애도를 준비하는 과정일 수 있을 것이다. 애도를 통해 상실을 치유하고 새로운 힘을 얻는 것처럼 상처와 고통을 보듬어 지금여기에 나와 눈을 맞추며 살아가는 사람들과 화해하고 최선을 다하는 것은 나를 성숙시킬 것이다.

법정 스님은 『아름다운 마무리』라는 책에서 다음과 같이 말했다.

"삶은 과거나 미래에 있지 않고 바로 지금 이 자리에서 이렇게 살고 있음을 잊지 말아야 한다. 삶의 비참함은 죽는다는 사실보다도 살아 있는 동안 우리 내부에서 무언가 죽어 간다는 사실에 있다."

나는 이 말을 다르게 새기고 싶다. 삶의 비참함은 죽는다는 사실보다도 살아 있는 동안 지금 곁에 있는 소중한 사람과 더 많이 사랑하지 않았다는 사실에 있다고 말이다.

영화 속의 루디가 아내를 잃고 후회하는 것처럼 나는 누군가가 떠난 후에야 소중함을 깨닫고 후회하지 않도록 더 늦기 전에 아버지에게 편지를 한 통 써야겠다. 고마움과 미안함을 담아서.

곧장, 빠르게
삶의 미로를 빠져나가자

『알래스카를 찾아서』

황지선

　　2014년의 대한민국은 허무했다. 누군가 사람들의 명줄을 가위로 뭉텅 잘라 버린 것 같은 안타까운 이별이 많았다. 나는 작년만큼 죽는다는 것에 대해 많은 생각을 해 본 적이 없다. 지금까지 살아온 날을 곱절로 더한다 하더라도 나에게 죽는다는 것은 멀게만 느껴졌다. 땅을 치며 후회할 만큼 가까운 이를 잃어본 적이 없어서 더 그런지도 모르겠다. 그래서인지 2015년을 존 그린으로 시작하고 싶었다. 죽음과 삶에 대해 고민하게 만드는 그만의 통찰력에 매료되었기 때문이다. 그의 글은 죽음을 통해 살아남아야만 하는 이유를 보여 준다. 죽음이 아픔만이 아니며 우리는 무엇을 느끼며, 어떻게 살아가야 하는가에 대해서 풀어 쓰고 있다. 한 해의 시작을 그와 함께하고 싶었던 것은 나에게 죽음에 대한 인식이 더 이상 낯선 문제가 아니었기 때문이었을 것이다.

존 그린의 장편 소설 『알래스카를 찾아서』에서 주인공 뚱은 위대한 작가들의 작품은 읽지 않으면서 그 작가들이 죽을 때 남기는 마지막 말이 궁금해 작가의 전기를 즐겨 읽는 열여섯 살 학생이다. 뚱에게는 매력적이지만 엉망진창으로 사는 알래스카와 장학금을 받아야만 학교를 다닐 수 있는 장난꾸러기 대령이라는 친구가 있다. 알래스카는 오든의 "너의 일그러진 이웃을, 너의 일그러진 가슴으로 사랑하라"는 말을 좋아했다. 그녀는 여덟 살 때 엄마가 쓰러져서 죽어 가던 모습을 지켜보았다. 그러한 고통스러운 기억 때문에 그녀의 삶은 일그러져 있었다. 고통에서 벗어나기 위해 알래스카는 충동적인 아이로 자랐다. 죽은 엄마에 대한 죄책감으로 빨리 죽으려고 담배를 피우면서도 퇴학을 당하면 아빠를 실망시키게 될까 봐 걱정한다.

사실 엄마의 죽음은 알래스카의 책임이 아니었다. 하지만 그녀는 책임을 탓할 대상이 필요했고 엄마가 죽어 가는 상황에서 아무것도 하지 못한 자신을 탓했다. 그래야 견딜 수 있었을 것이다.

나는 알래스카의 어디로 튈지 모르는 변덕들과 터무니없던

『알래스카를 찾아서』(존 그린)

/ 바람의아이들

"미로 속에서 살아남기 위해선 우리는 용서해야 한다고 말이다.
…… 우리는 절대 희망을 잃어서는 안 된다. 왜냐하면 우리는
절대 돌이킬 수 없을 정도로 잘못될 수는 없기 때문이다."

말과 행동을 눈앞에 그리며 마치 그녀가 아프게 신음 소리를 내지르고 있는 듯한 기분이 들었다.

소설 속에서 알래스카는 친구들에게 처음으로 엄마의 죽음에 대해 털어놓는다. 친구들에게 완전히 마음을 연 것이다. 며칠 뒤 알래스카는 엄마의 기일을 잊었음을 알고 울부짖고는 친구들의 도움으로 기숙사를 빠져나간다. 그것이 그녀의 마지막 모습이었다. 알래스카는 브레이크를 밟지도 핸들을 돌리지도 않은 채 교통사고로 세상을 떠났다. 친구들은 음주 운전이었던 알래스카의 사고가 자살인지 불가항력인지, 자신들이 가해자인지 방관자인지 괴로워하며 자책한다. 그녀가 자살했는지는 끝내 알 수 없지만 나는 자살이 아니라고 믿고 싶다. 앞으로 위로받을 시간을 포기한 채, 삶을 허무하게 버렸다고 생각하고 싶지 않다.

나는 자살은 그들을 기억할 수조차 없게 만드는 잔인한 죽음이라고 생각한다. 그들을 지켜 내지 못했다는 괴로움, 미처 아픔을 알아봐 주지 못했다는 미안함이 남아 있는 사람들을 한없이 구석으로 몰아넣어 버린다. 슬픔보다 아픔이 훨씬 큰 것이다. 알래스카는 남미의 독립 투쟁을 이끈 시몬 볼리바르의 마지막 말, "이 미로를 대체 어찌 빠져나간단 말인가!"를 내내 되새겼다. 사는 게 미로인가, 죽는 게 미로인가. 그녀는 고통이 미

로라며 빠져나가는 방법으로 '곧장, 그리고 빠르게'를 남겨 놓고
세상을 떠났다.

그럼 우리를 고통의 심연 속에서도 살아가게 하는 방법은 무
엇일까. 똥은 책의 말미를 통해 전한다.

"미로 속에서 살아남기 위해선 우리는 용서해야 한다고 말
이다. …… 우리는 절대 희망을 잃어서는 안 된다. 왜냐하면 우
리는 절대 돌이킬 수 없을 정도로 잘못될 수는 없기 때문이다."

세상에서 가장 어려운 것은 본인을 직시하는 일일 것이다.
알래스카는 본인을 용서하는 법을 알지 못했고 용서하려고도
하지 않았다. 너의 잘못이 아니란 말을 들은 적도 없었고, 배운
적도 없었고 그저 자신을 자해할 뿐이었다. 누군가가 위로의 단
한마디를, 아니면 자주 읽던 글 속에서 한 줄이라도 그녀에게
네 잘못이 아니라고 말해 주었다면 어땠을까. 괴로움을 이겨 낼
수 있도록 도와준 사람이 없었다는 것에, 그녀의 가슴에 지울
수 없는 멍에가 쌓여 혼자서 끙끙 앓았다는 것에 나는 책임감
을 느꼈다. 방황이라는 이름으로 고민하는 모든 청소년들을 묶
어 두려고만 하는 어른들의 통제는 옳지 않다. 세상이 위험하다
고 아무데도 못 가게 하는 것이 아니라, 위험하지 않은 세상을
만들어 그들을 지켜 내야 하는 것이 아닐까.

대한민국 자살률은 OECD 국가 중 10년 연속 1위이다. 그 어

느 때보다 발전된 시대를 살고 있는데 자살률은 왜 날마다 증가할까? 2010년 이후, 우리나라 청소년들의 사망 원인 1위가 자살이다. 평균 수명 80세인 요즘, 4분의 1도 살아 보지 못한 아이들이 어른들의 억압에 고통스러워하고, 세상에 낙오되길 무서워한다. 또한 자신의 남은 인생이 의미 없다고 생각하여 포기하려 한다. 사람은 '죽음'을 두려워하기 마련인데, 청소년들은 삶이 더 힘들다고 말한다.

나는 존 그린의 책을 읽으면서, 내가 지켜봤거나 겪은 어린 시절의 아픔이 떠올랐다. 아이들이 정당한 권리를 갖지 못하거나 차별당할 때 주변에는 오직 친구뿐이다. 알래스카는 그녀의 모습을 있는 그대로 인정해 주고 마음을 터놓을 수 있는 친구들이 주변에 있었지만 우리나라 청소년들은 어떤가. 자신의 욕망을 바라볼 여유조차 갖지 못한 채, 꿈을 꿀 시간조차 없다고 한다. 친구들은 경쟁자가 되어 버리고 각자의 생각은 부모의 결정에 막혀 버린다. 고민이 있을 때 누구에게도 속마음을 터놓을 수 없다는 뜻이다. 아이들은 하루 24시간 끝이 보이지 않는 공부라는 스트레스 속에 죽는 것이 나을 것 같다고 생각한다. 정답이 있을 수가 없는데, 이미 자신의 삶이 정해진 것처럼 산다. 스트레스를 풀 수 있는 곳은 게임 정도이다. 내가 고등학교를 졸업한 지 10년이 가까워지는데도 달라진 것이 하나도 없다는 사실이 우리나라의 암담한 현실을 말해 주는 것만 같다.

알래스카가 친구들에게 남긴 추억은 잊힐 순 있어도 사라지진 않는다. 언제든 끄집어낼 수 있는 기억이다. 그렇기 때문에 우리는 고통의 미로 속에서도 남은 세월이 아직 많다고 되뇌며 사는 것이 아닐까. 사실 삶은 많은 것을 허락한다. 스스로가 하지 못한다고 제한을 둘 뿐이다. 알래스카는 엄마를 잃은 아픔으로 괴로워했지만 다른 선택을 할 수 있었다. 엄마와의 즐거운 추억으로 행복해했어도 괜찮았다.

게다가 더 이상 알래스카는 혼자가 아니었다. 추수감사절에 기숙사에 혼자 남으려는 그녀를 위해 부모님께 미안하다고 울면서도 집에 가지 않은 뚱, 그런 친구들을 위해 기숙사 방보다도 더 작은 자기 집으로 초대해서 자신은 밖에서 텐트를 치고 자는 대령이라는 친구가 곁에 있었다. 평소에는 못 느끼지만 조금만 주위를 둘러보면 혼자가 아니다. 뚱은 알래스카의 부재와 죄책감을 안고 아파하면서도 친구들과 극복하며 담담하게 살아간다. 알래스카처럼 슬픔과 고통에 잠식당하지 않고 고통에서 벗어나는 법을 보여 준다. 죽음 앞에서 아픔은 느껴야 하는 것일까, 잊어야 하는 것일까 아니면 영원히 기억해야 하는 것일까. 뚱과 대령은 그녀를 잃은 아픔과 잘못을 해소하는 동시에 더 나은 추억을 쌓아 간다.

나는 알래스카에게 마지막 말을 건네고 싶다.

"알래스카, 같은 실수를 반복한다고 구제불능인 건 아니야. 친구를 지키기 위해 징계를 대신 받던 강인함은 절대 나약한 것이 아니란다. 누구나 다 매번 똑같은 실수를 저지르고 후회해. 고통의 미로에서 벗어나는 방법에 대한 답이 죽음만 있는 것이 아니야. 스스로를 용서하고 이해했어야 하지 않을까. 다른 사람보다 본인에게 더 무거운 잣대를 적용할 필요는 없는 거니까. 지금의 삶을 부정하지 않아도 돼. 같은 실수를 반복하니까 인간인 거야. 너를 있는 그대로 인정해 주는 친구들이 있다는 건, 그것만으로도 이미 헛된 삶이 아니란 거야. 그건 멋진 거란다."

나는 10대들은 죽지 않을 줄 알고 살아야 한다고 믿는다. 그래서 반대로 생각하는 아이들에게 믿음을 주고 싶다. 죽음을 외면하고 무시하라는 뜻이 아니라 아이들이 걱정으로 하루를 보내기보다 앞으로 남아 있는 날들에 대한 희망을 가지고 살아가길 원한다. 불사신인 듯이 살았으면 좋겠다. 왜냐하면 10대 때의 기억을 점차 잊게 될 것이기 때문이다. 알래스카가 억지로 추억을 붙잡아도 엄마의 기일을 잊어버린 것처럼, 뚱이 알래스카가 죽고 나서 차차 기억이 희미해진 것처럼 그들이 20대가 되고 30대가 되고 더 시간이 흐르면 책임져야 하는 것이 많아진다. 우리는 미래가 어떻게 될지 알 수 없고 스스로 한 선택이 항상 옳다고 볼 수 없다. 하지만 세월이 흐르면 고통이라고 생각했던 일들이 자연스럽게 추억이 된다. 그러므로 현실에서 벗어나기 위해 발버둥치는 아이들에게 손 내밀고 다독이며 그들이 고통에서 벗어나 힘든 시간을 헤쳐 나갈 수 있도록 보듬어 주는 것이야말로 우리가 해야 할 일일 것이다.

상처를 치유하는 그림책

임경희

　한 일간지에서 세월호 참사 희생자를 추모하기 위한 기획 기사를 읽었다. 제목이 '잊지 않겠다'였는데 한 화백이 단원고등학교 희생자들의 얼굴을 그리고 가족들이 보내는 편지를 함께 실었다. 편지의 내용은 어떻게 이런 일이 있을 수 있는지 믿을 수 없다고 하면서도 마지막에는 죽은 아이들이 남겨 준 추억을 애써 떠올리고 있었다. 나는 이 편지들 중 두 편을 골라 초등학교 3학년인 우리 반 아이들에게 읽어 주었다. 아이들은 세월호 참사를 떠올리며 나도 죽을까 봐 두렵다, 나는 그렇게 죽고 싶지 않다, 억울하다, 안타깝다, 화난다 등 기다렸다는 듯 앞다투어 담아 뒀던 말을 쏟아냈다. 한 아이는 부모님께 죽음에 대해 물으면 무조건 알 필요 없다고 하고 뉴스도 보지 말라고 하는데 왜 그러는지 이해할 수 없다고 했다. 어떤 아이는 두 손으로 귀를 막고 엎드리며 "그만! 무서우니까 제발 그만!" 하고 크게 소리를 질러 깜짝 놀랐지만 미안하기도 했다. 아이들은 아이들대로 부모님이 슬퍼하실까 봐 죽음에 대해 궁금한 게 있어도 말을 꺼내지 못했고, 부모는 부모대로 너무 이르다는 생각에선지 아니면 달리 해 줄 말이 없어선지 죽음에 대해 알려 주지 않았던 모양이다.

나는 그런 아이들을 안심시키고 슬픔을 통해 성장하도록 돕고 싶었다. 그래서 선택한 것이 죽음을 다룬 그림책이었다. 그림책은 죽음을 관념적으로 돌려 말하지 않고 슬픔과 상실을 항상 긍정적으로 표현하기 때문이다.

내가 세월호 참사를 기억하는 우리 반 아이들에게 읽어 준 그림책은 주디스 바이어스트의 『바니가 우리에게 해 준 열 가지 좋은 일』이었다. 이 책을 고른 건 반려동물의 죽음을 경험한 아이들이 꽤 많았기 때문이다.

주인공 '나'는 가족 같던 고양이 바니가 죽자 방에 틀어박혀 울기만 한다. 그런 '나'에게 엄마가 다가와 바니의 좋은 점 열 가지를 잘 생각해 두었다가 바니를 묻을 때 말해 보라고 한다. 그러자 '나'는 용감하고, 영리하고, 재미있고, 깨끗했던 바니, 꼭

『바니가 우리에게 해 준 열 가지 좋은 일』

(주디스 바이어스트)

/ 파랑새어린이

"엄마, 바니는 땅에 묻혀 있어요.
하지만 바니는 꽃을 키울 거예요."

안아 주고 싶을 만큼 귀여웠고 잘 생겼고 새를 딱 한 번밖에 안 잡아먹었던 바니, 귀에 대고 기분 좋은 소리로 '야옹' 했던 바니, 배 위에서 잠이 들면 배가 따듯했던 바니, 이렇게 아홉 가지를 말한다. 그런데 나머지 하나가 생각나지 않는다. '나'는 아빠가 일을 좀 도와달라고 해도 바니가 죽었기 때문에 하고 싶지 않다고 한다. 그러자 아빠는 씨앗 몇 알을 땅에 심으며 흙이 씨앗을 먹이고 키울 거라고 말해 준다. 곧 줄기가 자라고 잎이 나고 꽃이 필 거라고. 그제야 '나'는 바니가 죽어서 흙이 된다는 것, 꽃을 피우는 그 멋진 일을 바니가 한다는 것을 깨닫게 된다. 그래서 엄마에게 '바니가 우리에게 해 준 열 가지 좋은 일' 중 마지막 일을 말한다.

"엄마, 바니는 땅에 묻혀 있어요. 하지만 바니는 꽃을 키울 거예요."

아이들은 이 그림책을 읽어 주는 내내 '나'의 이야기가 마치 자신의 이야기인 듯 슬픈 표정으로 나를 바라보았다. 키우던 새가 죽었을 때 장례식을 치른 경험을 들려주는 아이도 있었다. 그 아이는 놀랍게도 에바 에릭손의 『세상에서 가장 멋진 장례식』이라는 그림책을 찾아 읽고 새의 무덤도 만들고, 무덤 앞에 촛불도 켜고 "너의 노래는 끝났다네. 삶이 가면 죽음이 오네. 고마워. 널 잊지 않으리"라는 시도 읽어 줬다고 했다.

아이들이 맞닥뜨리는 죽음은 대부분 교통사고나 병으로 부모를 잃는 경우이다. 가족의 죽음으로 큰 충격을 받은 아이들을 위로해야 할 때 나는 샤를로트 문드리크의 『무릎 딱지』를 읽어 준다. 갑자기 엄마의 죽음을 겪게 된 어린아이가 분노와 체념, 수용의 과정을 통해 상실의 아픔을 딛고 일어서는 내용을 담은 그림책이다.

주인공 '나'는 병으로 엄마가 갑자기 죽자 엄마의 냄새가 집에서 빠져나갈까 봐 한여름에도 창문을 꼭 닫고 지낸다. 그러던 어느 날 넘어져 무릎을 다치자 '우리 아들 괜찮냐'는 죽은 엄마의 목소리가 들린다. 무릎에 난 상처에 딱지가 앉고 그 딱지가 떨어져 나가면 새살이 돋을 텐데 '나'는 엄마 목소리가 다시 듣고 싶어 일부러 딱지를 뜯어 피를 본다. 엄마를 잃고 울고만 있는 아빠까지 챙겨야 하는 어린 '나'는 그렇게 죽을 거면 왜 나를 낳았느냐고 죽은 엄마에게 소리를 지른다. 그뿐 아니다. 엄마가 잊힐까 봐 심장이 터지도록 뛰고 또 뛴다.

그러던 어느 날 할머니가 오셔서 '나'에게 가슴 위에 손을 얹어 보라며 "여기 쏙 들어간 데 있지? 엄마는 바로 여기에 있어, 엄마는 절대로 여길 떠나지 않아"라고 말해 준다. 그 후 '나'는 다시는 무릎 딱지를 뜯지 않고 홀로서기를 하게 된다. 아이들은 '나'가 딱지를 뜯는 장면에서 그러면 안 된다고, 돌아가신 엄마

『**무릎딱지**』(주디스 바이어스트)

/ 파랑새어린이

"여기 쏙 들어간 데 있지?
엄마는 바로 여기에 있어,
엄마는 절대로 여길 떠나지 않아"

가 얼마나 가슴 아프겠냐고 말 꼬리를 흐렸다. 그리고 '내 심장 안에서 죽은 우리 엄마가 북을 치는 것 같다'는 표현에 눈물을 글썽거렸다. 아이들은 누군가 죽어서 보고 싶으면 그림책 속 할머니가 가르쳐 준 곳에 손을 갖다 대 볼 거라고 했는데, 나 역시 그럴 것 같다.

교사 초년생이었을 때 나는 맡은 반 아이를 떠나보낸 적이 있다. 그 아이, 소진이를 떠올리면 지금도 마음 한편이 아린다.

하루는 학교 화장실 옆 세면대에서 손을 씻는데 안에서 아이들의 목소리가 들렸다. 우리 반 소진이였다. 옆 반으로 심부름을 보냈는데 그 반 선생님께 버릇없다고 꾸지람을 들었던지 그 선생님 흉을 보고 있었다. 교실로 돌아와 소진이를 따로 불러 자초지종을 물어보려 했는데 얘기를 꺼내자마자 "저는 잘못이 없단 말이에요. 선생님도 보기 싫어요"라고 소리치고는 가방도 내버려 둔 채 집으로 가 버렸다. 나는 무척 황당했고 한편으로 괘씸하기도 했다. 그 후로 소진이는 한동안 학교에 나오지 않았다.

여름방학을 앞둔 어느 날 소진이 어머니가 학교로 찾아와서는 어렵게 말을 꺼냈다. 소진이가 난소암으로 투병 중이라는 것이다. 학기 초에 몸이 약해서 종종 장기 결석을 할 수도 있다는 말을 들은 터라 선천적으로 몸이 약한가 보다 했는데 그런 몹쓸 병을 앓고 있을 줄이야.

그리고 겨울방학을 앞둔 어느 날 소진이가 숨을 거뒀다는 소식을 들었다. 소진이의 영정 사진이 교실로 들어왔을 때 나는 아이들과 같이 눈물만 흘렸다. 아이들에게 아무 말도 해 줄 수가 없었다. 잘 가라며 보내기에는 너무나도 이른 죽음이었다. 소진이를 보내고 한동안 말수가 줄었던 아이들에게 뒤늦게나마 수잔 빌리의 그림책 『오소리의 이별 선물』을 읽어 주었다. 적절한 때 상처를 어루만져 주지 못한 것이 오랫동안 마음에 걸렸기 때문이다.

주인공 오소리는 '죽음이란 예전만큼 몸이 잘 움직여지지 않아서 몸을 두고 떠나는 것일 뿐'이라고 생각한다. 자신은 이제 긴 터널을 지나갈 텐데 슬퍼하지 말고 마음의 준비를 잘 해달라는 부탁과 함께 "긴 터널을 달려가고 있어. 모두들 안녕"이라는 마지막 편지를 남기고 죽는다. 오소리가 죽자 슬픔을 견디지 못한 친구들은 모두 모여 오소리와 함께 했던 따뜻한 기억을 떠올린다. 그리고 추억이야말로 오소리가 남기고 간 '이별 선물'이라는 걸 깨닫게 된다. 한 아이는 "이 그림책을 읽기 전에는 죽음이 정말 두려웠는데 이제는 죽음이 덜 무서워서 그림책에게 고맙다"라고 했다. 그런가 하면 죽음은 일상인 것 같다는 말로 나를 깜짝 놀라게 한 아이도 있었다. 아이들 대부분이 오소리가 죽음의 터널을 향해 달려가는 장면이 기억에 남는다고 했는데 아이들에게 죽음을 정면으로 맞서서 바라보게 해 준 듯하다. 그림책이 아니고는 불가능한 일이다.

이런저런 황망한 일로 아이들에게 죽음을 다룬 그림책을 읽어 주다 보니 어른인 나도 죽음을 달리 생각하게 되었다. 볼프 에를브루흐의 『커다란 질문』은 내게 죽음은 삶을 사랑하기 위해 왔다는 것을 가르쳐 줬고 『내가 함께 있을게』는 죽음이 늘 내 곁에 있는 친구라는 걸 인정하게 해 주었다. 이처럼 그림책은 죽음을 겪으며 상실감에 주저앉은 아이들에게 따뜻한 말을 건네고 다양한 죽음을 만나게 했다.

이시영은 시 '오소리'에서 "오소리는 긴 동면에 들어가기 전 배불리 먹고 나서 나무에서 툭 떨어져 본다고 한다. …… 어디가 안 아프면 곰처럼 씩 웃으며 그때부터 큰 발톱을 삽날처럼 들어 땅굴을 깊이 파들어 가기 시작한다고 한다"라고 했다.

아이들뿐만 아니라 어른들도 죽음을 다룬 그림책을 통해 오소리의 자기 점검처럼 죽음에 대해 마음의 준비를 해 두어야 한다. 그래야 생각지도 못한 죽음을 만났을 때 주저앉지 않고 힘을 내서 씩 웃고 살아갈 수 있을 것이다.

신해철은
죽지 않았다

김민영

1988년 겨울 어느 밤 나는 '전설의 고향'과 '대학가요제' 중 무얼 볼까 고민 중이었다. 이리저리 채널을 돌리다가 내가 멈춰 선 곳은 제12회 MBC대학가요제였다. 그해 대상은 '무한궤도' 의 '그대에게'였다. 그 노래를 듣는 순간 웅장한 그룹사운드와 진취적 가사가 날 사로잡았다. 내 나이 고작 열세 살이었지만 그날 이후 난 동요를 버리고 청소년이 되었다. 그리고 나는 넥스트(N.EX.T)의 리드보컬 신해철의 열혈 팬이 되었다.

나는 다른 아이들에 비해 조숙한 편이었다. 이런저런 생각이 많았고 주입식 학교 수업에 흥미를 느끼지 못했다. 그러다 보니 감정을 해소하고 대화를 나눌 상대가 없었는데 단 한 사람, 신해철만은 나에게 묻고 있는 듯했다.

신해철의 가사는 비판적이면서 철학적인 내용을 담고 있었는데 그 글은 나의 문제의식을 일깨웠다. 서강대학교 철학과에 재학 중이던 그는 늘 세상에 대해 다른 시각을 보여 줬다. 신해철이 좋아한다는 철학자 버트런드 러셀, 프로그레시브 락 그룹 뉴 트롤즈New trolls의 음악 모두 나에게 사유의 세계를 열어 줬다. 그 속에 담긴 깊은 의미를 알 순 없었지만 삶을 진지하게 살고 싶다는 열망을 갖게 했다. 홍세화는 『생각의 좌표』에서 '내 생각은 어떻게 내 생각이 되었나?'라는 질문을 던지는데 그 질문은 어린 시절 내가 품었던 물음표이기도 하다.

나는 혼자 신해철에 열광하는 것에 한계를 느끼고 학교에서 넥스트 팬을 모아 EXIT란 모임을 만들었다. 우리는 플랫카드를 만들거나 공연 스케줄을 관리하고 관련 소식을 공유하는 등 일을 나누어서 하고 함께 움직였다.

그런 내 모습을 어머니는 이해할 수 없었던지 어렵게 모은 신해철의 자료를 버리고 태우며 나를 말렸다. 어머니 때문에 공연에 가지 못한 날, 난 근처 공원에서 N.EX.T 1집 가사를 읊으며 서럽게 울었다. 이 음반에는 '인형의 기사', '도시인' 등의 명곡이 실려 있는데 '도시인'은 내가 삶에 힘겨울 때마다 떠올리는 곡이다.

'아침엔 우유 한잔 점심엔 패스트푸드 쫓기는 사람처럼 시계 바늘 보면서 거리를 가득 메운 자동차 경적소리 어깨를 늘어뜨린 학생들 THIS IS THE CITY LIFE. 모두가 똑같은 얼굴을 하고 손을 내밀어 악수하지만 가슴속에는 모두 다른 마음 각자 걸어가고 있는 거야. 아무런 말없이 어디로 가는가. 함께 있지만 외로운 사람들.'

당시 나는 고3이라는 지옥문을 지나고 있었다. 노랫말처럼 난 무력하게 어깨를 떨군 학생이었고, 곧 시곗바늘에 쫓겨 다닐 샐러리맨이 될 터였다. 그러자 왠지 섬뜩함이 느껴졌다. 쫓기는 듯한 종속적인 삶이 아닌 스스로 시간을 지배하는 주체적인 사람이 되고 싶었다.

그렇게 긴 시간 나는 신해철을 삶의 일부로 여기며 살아갔다. 그런데 2014년 10월 27일, 내 삶이 무너져 내리는 듯한 소식을 들었다. 그날 밤, 난 일터인 학당에 있었다. 평소처럼 아무 생각 없이 인터넷에 접속했는데 '신해철 사망'이라는 헤드라인이 떴다. 갑자기 어지럼증이 느껴졌다. 숨이 턱 막히고 명치가 욱신대며 심한 복통이 찾아왔다. 나는 쓰러져 시멘트 바닥에 주저앉았다. 신해철이 알리처럼 차갑게 식어 버렸다는 사실을, 믿을 수 없고 믿고 싶지 않은 사실을 받아들이기 힘들었다. 가슴을 치며 소리 내 울었다. 한 3시간쯤 울다가 정신을 차리고 관련 기사들을 찾아보았다. 의문사에 대한 내용들을 보며 마치 지옥을 걷는 듯한 기분이 들었다.

한편에서는 신해철에 관한 또 다른 기사들이 절절하게 고인의 죽음을 애도하고 있었다. 그가 '대중성과 실험성을 동시에 실현한 유일무이한 뮤지션이자 변화를 두려워하지 않는 아티스트'라거나 '시대를 관통했던 음악과 메시지는 우리 곁에 남았다'거나 '영원한 마왕'이라는 헤드라인이 끝없이 쏟아졌다.

유명인의 추도사도 이어졌다. 영화배우 문성근은 '지성을 갖춘 놀라운 강심장이었다. 지식인, 정치인의 허위를 광장에서 단 한마디로 날려 보내던 신해철. 그 인격 지성 음악으로 스스로 시대의 예술가가 되었던 신해철'이라고 했고, 시인 안도현은 '사람은 떠나고, 짐승만 남았다'라며 그의 죽음을 애도했다.

이처럼 온 세상이 신해철의 죽음을 애도하던 순간 난 무력해졌다. 아니 분노를 느끼고 있었다고 하는 편이 맞을 것이다. 우리 사회에서 신해철은 늘 거부당하고 있었다. 특히 100분 토론에서 했던 그의 발언은 공격 대상이 되곤 했다. 당시 사회자 손석희는 '뛰어난 가수였던 그는 어떤 주제를 놓고도 자신의 주관을 뚜렷이 말할 수 있는 논객이었다'고 했지만 세간의 반응은 달랐다. 늘 신해철의 발언과 태도를 문제 삼았다. 음악이나 하라는 둥 입만 살았다는 둥 인신공격성의 악플도 끊이지 않았다. 특히 정부 정책 비판, 간통죄 반대, 학생 체벌 금지에 대한 의견을 드러낼 때 세상은 더욱 사납게 그를 물어뜯었다.

신해철은 작가 지승호와의 인터뷰집에서 이렇게 말했다.

"처음 대마초와 관련해서 '100분 토론' 나갔을 때가 생각나는데요, 매니저들이 필사적으로 말렸거든요. 제가 아주 초창기 때를 빼고는 CF를 거의 안 했잖아요. 근데 그때 넥스트 제작비가 좀 딸려서 CF나 해 볼까 고민하고 있었는데요, 대마초 토론 나간 다음 날 매니저들이 울면서 와서 '협의를 하던 광고주들이 일제히 떨어져 나갔다'고 하더군요. 사실 우리나라에서 연예인이란 취약자의 입장, 특정 귀족 집단처럼 얘기되고 있지만 가장 나약하고 부서지기 쉬운 집단 아닙니까? 거기서 지는 싸움을 나간다고 하는 것은, 1패가 저를 한번에 날려 보낼 수도 있는 거거든요. 대마초 토론에 나갈 때도 출연에 반대한 매니저들의 주장이 '손해 본다'가 아니라 '아예 통째로 날아간다'는 거였어요. 끝이라는 거죠. 그렇게 말하는 사람들이 대부분이었으니까요."

그리고 이후 몇 년간 신해철의 음악은 대중에게 잊혔다. 그런데 그가 세상을 떠나자 '신해철이 시대의 아이콘'이라는 애도를 쏟아 내다니. 허탈감마저 느껴졌다. 세상에 순응해 살지 말고, 자기 삶을 살라 외쳤던 신해철의 외침은 공허하게 떠돌 뿐이었다. 내가 살아온 우리 사회의 20년은 정체 또는 퇴보하는 모습이었다. 교육, 사회, 정치 무엇도 달라진 게 없다. 특히 교육이 그렇다. 사회학자 엄기호는 『교사도 학교가 두렵다』는 책에서 학교를 가리켜 '폐허'라 정의하고 '폐허를 응시하자'며 희망을 말하지만, 폐허 밖 어디에서도 아이들의 목소리는 들리지 않는다. 세월호 사건과 바다 속으로 가라앉은 아이들도 그 폐허의 산물이다. 자기 목소리를 잃어버린 아이들은 비명조차 지를 수 없었다.

세월호 사건을 겪고 신해철마저 떠나보낸 뒤 난 더욱 강하게 살아남아야겠다고 결심했다. 그리고 종종 신해철의 말을 떠올렸다.

"대중들이란 굉장히 이중적인 것 같고요, 언제든지 우중으로 변해서 야수화 될 수도 있지 않습니까? 그런 반면에 어떨 때 보면 진절머리 날 정도로 날카롭고 똑똑해요. 이런 이중성을 가지고 있기 때문에 대중들을 얕봐서도 안 되고, 그렇다고 대중하고 내 생각이 다를 때 그들이 천만 명이든, 이천만 명이든 그 숫자에 의미를 부여할 수도 없는 거고요. 결국은 내 안에서 답을 찾아야지."

나도 그처럼 내 안에서 답을 찾기로 했다. 내가 갈 길은 바로 '책'이었다. 세상 곳곳의 골목길을 책방으로 만들고, 흔한 수다와 뒷담화가 넘실대는 술집을 북클럽으로 만들고 싶었다. 골방 독서가들을 꺼내 활동가로 키우고, 그들이 '밥은 먹고 사는 세상'이 되길 바란다. 책을 읽고 실천하는 사람들이 행복한 세상이라면 꽤 살아 볼 만한 세상이 되지 않을까. 그 꿈을 이루기 위해 미친 듯이 달려왔다. 신해철은 내게 믿는 것과 믿지 않는 것이 무엇인지 분명히 말하라 했다. 책을 읽는 데 그치지 않고, 토론과 글쓰기까지 나아간 것은 신해철의 정신을 실천하려는 '나만의 수행'이었다.

사람들은 저마다 애도 방식이 다를 것이다. 비평가 롤랑 바르트는 '일기'를 썼다. 그는 어머니의 죽음을 애도하며 2년간 쓴 일기로 『애도일기』를 펴냈다. 롤랑 바르트는 말한다.

"그녀는 죽었지만, 그럼에도 불구하고 나는 완전하게 파괴되지 않은 채로 살아 있다. 이 사실은 무얼 말하는 걸까. 그건 내가 살기로 결심했다는 것, 미친 것처럼, 정신이 다 나가 버릴 정도로 살고 싶어 한다는 것이다."

나 역시 그렇다. 신해철이 시대정신이었음을 증명하기 위해 난 미친듯 살아갈 것이다. '내 안에서 답을 찾으라'는 신해철의 말을 실천하기 위해서라도 열심히 책으로 세상을 바꾸어 나가겠다. 내 몸이 얄리처럼, 신해철처럼 식는 순간까지. 신해철은 내 안에서 여전히 살아 있다.

잘 가요,
본본

이원형

　구본준이라는 이름을 또렷이 인식한 건 2012년 늦가을이었다. 그해 '젊은건축가상' 수상자 작품집인 『젊은건축가상 2012』를 통해서였다. 책은 수상자 소개와 인터뷰로 구성되어 있는데, 그가 모든 글을 썼다고 소개되어 있었다. 그를 건축 '담당' 기자 정도로만 알고 있었지 건축계 이슈에 이렇게 깊이 발 담그고 있는지는 미처 몰랐다. 내가 건축계 이슈에 둔감한 탓이리라. 구본준은 이미 건축계의 마당발로 통하면서 다양한 활동을 왕성하게 펼치고 있었다. 책을 읽어 보니 '와, 대단하다!'라는 감탄사가 절로 나왔다. 웬만한 건축가 못지않은 식견을 갖춘 사람의 평론과 인터뷰 글이었다. 더욱이 글은 또 얼마나 쉽고 부드럽던지. 평소 글 잘 쓰는 건축가가 되고 싶었던 난, 부러움과 함께 끓어 오르는 질투심을 고스란히 느꼈다. 불타는 시기심에 그날 하루 꼬박 잡다한 글을 쓰며 불붙는 가슴을 달래야 했다.

2008년 건축사사무소에 들어간 나는 회사 사무실과는 별도로 작업실을 운영하고 있었다. 낮에는 사무실에서 일하고 밤이면 작업실에서 친구들과 공모전을 진행했다. 설계사무실은 야근이 많고 철야하는 날도 잦았지만 틈만 나면 작업실에 틀어박혀 설계를 했다. 어쩌면 인정받고 싶어서였는지 모른다. 대학 졸업을 앞두고 취업 원서를 여러 곳에 보냈지만 번번이 거절당한 적이 있었다. 학부 때 누구보다도 열심히 했다고 자부했지만 기업의 평가는 냉정했다. 난 그걸 내 능력과 인격에 대한 평가로 받아들였고, 속앓이를 심하게 했다. 어떻게든 내 실력을 스스로 증명해 보이고 싶었다.

그렇게 몇 해 동안 회사와 작업실을 오가며 절박하게 생활했다. 퇴근 후 저녁시간이나 주말에 작업을 몰아서 한 탓에 여자 친구에게 차일 뻔 한 게 한두 번이 아니었다. 작업할 공간이 없어서 친구 집을 전전하거나 24시간 카페에서 밤을 세고 출근한 날도 많았다. 그럼에도 결과는 늘 안 좋았다. 한두 번이 아니라 제출할 때마다 입선도 못하자 상실감이 이루 말할 수 없었다. 내쳐지는 듯한 기분, 인격적인 모욕을 당한 듯한 기분마저 들었다. 가슴에 깊은 상처가 파였고, 설계를 그만두고 싶었다. 건설사에 이력서를 넣었고, 리테일샵 인테리어 회사에도 지원서를 들이밀었다. 까짓것, 돈만 잘 벌면 되지, 아무도 안 알아주는데 건축은 무슨. 그렇게 나는 건축 설계를 계속 해야 하나 말아야 하나 심각한 고민에 빠져 있었다.

그러면서 한편으로 글에 대한 동경이 날로 커지고 있었다. 글 욕심은 딱히 이유를 설명할 길이 없는 욕망이었다. 잘 쓰려면 많이 읽어야 하는데, 곁에 있는 건축 책은 너무 어려웠다. 비문투성이인 번역서가 원서의 명성에 편승해 필독서로 꼽히는 실정이었다. 그런 책은 아무리 읽어도 무슨 의미인지 알 수 없었다. 읽는 것부터가 난관이니 글이 늘지 않는 건 당연했다. 난 건축이 고귀한 영역이라고 생각하지 않는다. 시장에서 물건 파는 것과 설계권을 따려고 현상 설계에 뛰어드는 일이나 본질은 같다고 본다. 타인의 공감을 얻고 이해를 구하는 과정이라는 측면에서 말이다. 건축가는 스스로 무릎을 꺾어 대중에 다가가야 한다고 믿는다. 글 또한 누구나 이해할 수 있게 써야 한다고 말이다. 글을 어렵게 쓰는 건 자신이 제대로 이해하지 못했다는 걸 반증하는 것과 다름없다는 말이 있다. 나처럼 건축을 전공하고 설계를 현업으로 하는 사람도 읽을 만한 건축 책이 없다고 난리인데 보통 사람들은 오죽하겠는가.

구본준 기자가 쓴 책

오십이 안 된 나이에 맞닥뜨린 돌연사,
지상의 집을 취재하던 건축 전문 기자 구본준은
그렇게 천국의 집으로 훌쩍 떠나 버렸다.

이런 생각을 갖고 있을 때 만난 건축 전문 기자 구본준의 글은 어휘나 문장부터 달랐다. 개념어와 건축 전문 용어를 들이대며 지식을 전달하기 바쁜 여타 건축 글과는 확연히 다른 종류의 글이었다. 스토리텔링이 잘된 구 기자의 기사와 평론은 편안했고 술술 읽혔다. 읽으면서는 재밌고, 읽고 나면 새로운 건축 지식이 남았다. 나로서는 놀라운 경험이었다. 내가 원하는 건축 글의 전형이기도 했다. 더욱이 구본준은 기자라고 하기에는 건축을 너무 잘 알았다. 실무를 중점적으로 한 건축가라면 위화감 때문에 곁에 있기 힘들 정도였다. '구본준을 넘어서겠어'라고 생각했다는 것 자체가 부끄러울 만큼 내 수준과도 격을 달리했다. 구본준은 『서른 살 직장인 책읽기를 배우다』라는 책에서, 한 분야 책 100권을 탐독하면 그 분야의 전문가가 될 수 있다고 말하는데, 본인의 건축 책 탐독기를 쓴 것이었다. 구본준이 본격적으로 건축 글을 시작한 시점은 그로부터 10년 동안 꾸준히 건축 책을 읽은 후였다.

구본준을 제대로 알게 되고서부터 그는 내 지향점이 되었다. 그를 넘어서는 것을 지상 목표로 삼고 틈만 나면 그의 블로그를 염탐했다. 웹페이지 레이아웃이 지저분해 보여 안도한 것도 잠시, 게시판 몇 개를 열어 보고 또 한 방 먹었다. 속된 말로 넘사벽이랄까. 건축전문서의 글을 도맡아 써도 충분할 정도의 식

견이 엿보였다. 그리고 무엇보다도 건축에 대한 따뜻한 애정과
무한한 열정이 느껴졌다. 우리 도시와 건축을 아끼는 구본준 기
자의 마음이 뛰어난 건축 사진과 쉬운 글을 통해 절절히 느껴
졌다. 나는 자연스럽게 그의 블로그를 애독하는 독자가 되었다.

'그래, 구본준처럼 써 보자! 이제부터는 글로 건축을 하는 거
야!'

꼭 선을 그어 공간을 나누고 모형을 만들고 시공 현장에서
감리를 해야 건축가인 건 아니다. 세상에는 여러 종류의 건축가
가 있고 그중에는 글을 주로 쓰는 이들도 있다. 나는 구본준을
따라 '쉽게 읽히는 글을 써서 대중과 소통하는 건축가가 되어
보자'라고 결심했다. 사무실에 앉아서 도면과 모형 그리고 컴퓨
터 작업만 하던 내 시선이 사람들이 모여 있는 광장으로 옮겨
졌다. 글로 소통하려면 내 글을 읽을 사람들이 어떤 삶을 사는
지 알아야 했다. 그들과 어울리면서 건축하기로 마음먹었다.

그러던 2013년 겨울 구본준 기자가 건축평론책을 냈다. 그동
안 어린이를 위한 건축 책을 몇 권 내고 신문기사와 블로그에서
주로 활동하던 그가 건축평론계로 본격 진입하는 순간이었다.
내심 그의 이런 책을 기다리고 있었다. 그는 건축을 '희', '노',
'애', '락' 등 인간의 감정으로 구분해서 정리했다. 이런 구분법
부터가 독특했다. 보통은 건축 사조나 건축가 또는 지역을 기준

으로 나누는데, 건물의 '감정'에 주목했다는 사실이 놀라웠다. 일간지 기자다운 감각이 엿보이는 부분이었다. 대중은 이론이나 전문용어가 아닌, 얼마나 마음에 울림이 있는지의 여부로 건축을 받아들인다. 전국에 '땅콩집' 열풍을 불러일으키며 '집'을 우리 사회의 주요 이슈로 재등장시키는 데 큰 역할을 했던 구본준이 아니던가. 대중의 코드를 읽는 그의 기자적 감각은 팬덤을 몰고 다닐 정도로 매력적이었다.

구본준 기자가 처음부터 존재감 있게 활동한 건 아니었다. 처음에는 그도 알 수 없는 길이었을 것이다. 어떤 글을 써야 대중과 소통할 수 있을지 몰랐으며 좋은 건축 글에 대한 보편적인 기준도 없었을 것이다. 그런 상태였지만 구본준 기자는 소처럼 우직하게 한 길을 걸었다. 이제는 그 길을 여러 건축 글쟁이 지망생이 따라 걷고 있다. 나도 그중 한 사람이다. 구본준 기자가 가던 오솔길은 이제 크게 넓어졌으며, 그의 활약으로 건축 대중 평론의 무대가 자리 잡게 되었다. 이 무대에서 펼쳐질 다양한 사람들의 건축 이야기에 대한 기대가 컸다.

그러던 2014년 늦가을 아침, 인터넷에 그에 관한 기사가 연이어 올라왔다. 이탈리아 출장 중 심장마비로 갑작스럽게 하늘로 떠났다는 내용이었다. 건축문화재 복원 관련 교육과 인근 도시를 취재하려고 떠난 베니스 출장길이었다. 그는 밤에 홀로 잠자리에 들었고, 아침에는 이미 먼 길을 떠난 뒤였다고 신문은 전했다. 기사에 첨부된 흑백사진 속 그는 평온해 보였다. 희미하게 웃고 있는 그의 얼굴에 망자의 그림자는 없었다. 오십이 안 된 나이에 맞닥뜨린 돌연사, 지상의 집을 취재하던 건축 전문 기자 구본준은 그렇게 천국의 집으로 훌쩍 떠나 버렸다.

그가 죽었다는 기사를 읽고 또 읽으며 난 그의 글과 그에게 빚진 내 건축을 떠올렸다. 그는 내게 마음 속 응원군이었다. 지난해 여름 나는 결국 회사를 그만두고 책 읽고 글 쓰는 건축 인생을 시작했다. 본격적으로 구본준 따라하기를 시작한 셈이었다. 처음에는 금방이라도 구본준 기자처럼 쓸 수 있을 것 같았다. 하지만 글은 문장만 갈고닦는다고 해서 금방 느는 게 아니었다. 글이란 결국 한 사람의 인생에 닿아 있다는 생각을 자주하게 됐다. 좋은 글은 그만큼의 삶을 사는 사람이 쓸 수 있구나 싶었다. 즉, 우리 건축과 도시를 진정으로 아끼는 사람이라야 읽을 만하고 유익한 건축 글을 쓸 수 있겠구나 하는 생각이 들자 구본준 기자의 글이 새삼 더 깊이 다가왔다. 이젠 그의 글을 읽을 때마다 '구본준'이라는 사람을 보게 되었다. 젊은 건축가를 응원하던 모습, 잊힌 공간을 찾아내고 사람들이 궁금해하는 건축 이야기를 흥미진진하게 풀어 주던 그를 떠올리며 난 그의 글보다 구본준이라는 사람을 더 닮고 싶어졌다. 하지만 그의 죽음으로 나의 바람은 숙제처럼 남겨지고 말았다.

구본준 기자는 내게 글을 쓸 때는 엄한 선생이 되었고, 건축을 할 때는 친절한 선배가 되었다. 그가 내게 들어온 결정적인 날을 난 기억하지 못하지만 그는 언제부턴가 내 삶을 감싸고 있었다. 글을 많이 쓰는 요즘은 더욱 그렇다. 건축을 그만둘까 고민하던 그때 난 건설사로 옮기지 않고 건축을 계속하게 된 일이 큰 다행이라고 생각한다. 잘하든 못하든 내가 하고 싶은 일을 하는 것만큼 행복한 일이 있을까. 구본준 기자를 직접 만난 적은 없다. 하지만 그는 내가 계속 건축을 할 수 있는 길을 보여 줬다. 언젠가 그를 만나면 꼭 하고 싶은 말이 있다.

"당신 덕분에 글 쓰며 건축을 하게 됐네요. 잘 가요 본본, 천국의 집에서 만납시다."

상처를 치유하는
'함께 쓰기'

          이 책의 주제는 죽음과 애도이다. 나는 올해 많은 이들이 죽음을 떠올릴 것이라고 보았다. 그래서 연초 특강을 하면서 문득 일반인이 죽음에 대해 이야기하는 책을 펴내고 싶은 마음이 들었다.

    그때 '숭례문학당'의 신기수 당주, 김민영 이사와 함께 읽기에서 발전한 함께 쓰기에 대해 이야기를 나누었다. 두 사람은 내 이야기를 듣고 반색을 하며 이 일에 참여하겠다는 강한 의지를 보였다. 7년 이상 글쓰기 강좌를 진행해 온 김민영 이사를 비롯한 숭례문학당 사람들은 〈기획회의〉 '책으로 바꾼 삶' 연재를 통해 가능성을 확인한 바 있었다.

40여 명이 참여한다는 소식을 듣고 그들의 첫 모임에 참석했다. 개개인이 과연 어떤 이야기를 들려줄지 기대도 되었다. 40여 명의 공저자들이 2~3분 동안 어떤 이야기를 쓸지 이야기하는 시간을 가졌다. 아버님과의 잘못된 이별의 과정을 되새기며 진정한 이별의 모습을 그려 보겠다는 은퇴한 연구원, 어린 나이에 어머니를 떠나보내고 마흔에 이르러서야 죽음의 의미를 알게 된 과정을 써 보겠다는 건축설계사, 떡볶이 장사를 하던 어머니가 손님이 없을 때마다 읽고 계시던 빛바랜 표지의 『어머니』(펄 벅)를 들고 나와 '엄마의 책'에 대한 글을 써 보겠다는 사회복지업무종사자 등 먼저 말을 꺼낸 세 사람의 이야기만 듣고도 나는 이 기획에 대해 확신이 들었다.

그 자리에서 같은 이야기를 하는 사람은 단 한 사람도 없었다. 많은 지원자 중에서 특별한 사연을 가진 사람들을 우선순위로 했다고는 하지만 저마다 가슴 아픈 이야기를 품고 살고 있다는 점에서 한편으로 놀라웠다. 그들은 초고를 놓고 함께 읽으며 토론하는 모임을 가졌다. 그리고 원고를 다듬었다. 참석자들은 이렇게 '읽고, 쓰고, 토론하는' 과정 자체를 즐기면서 엄청난 힐링을 경험했다는 후일담을 털어놓았다.

"이 특별한 공저 기획은 이미 글쓰기에 익숙한 사람이나 특정 분야의 전문가만이 참여할 수 있는 건 아니었다. 그렇기 때문에 저와 같은 일반인에게는 더욱 멋지고 특별한 기회로 느껴졌던 게 아니었을까 싶다."

"나와 같이 이제 막 직장을 은퇴하고 제2의 인생의 길로 나서는 신중년층들에게 공저문화가 확산되기를 바란다. 그들은 인생의 경험만큼이나 하고 싶은 이야기가 많을 것이다. …… 가슴속 이야기를 풀어냄으로써 그들은 지난날의 상처들을 치유하면서 새로운 세계로 나아갈 수 있을 것이다."

"죽음과 애도의 글쓰기 작업을 통해 죽음을 다각도에서 고찰할 기회를 얻었다. 애도할 누군가를 떠올리며 그가 살았을 삶을 추억해 보려 애썼고 그 죽음이 내 삶에 미친 영향을 숙고하게 되었다."

"나는 함께 쓰기의 매력과 위력을 안다. 함께 쓰기는 일종의 공동 기획, 공동 집필, 공동 편집의 과정이다. …… 이번 '죽음과 애도' 프로젝트는 새로운 공저문화를 만드는 데 좋은 사례가 될 것이다."

"공저 과정을 거치면서 함께 글 쓰는 특별한 경험도 좋았지만 무엇보다도 죽음은 바라보는 태도가 달라졌다."

원래 읽기와 쓰기는 연동되어 있다. 산업혁명 이후 소수의

쓰기와 다수의 읽기라는 체제가 잠시 작동하긴 했지만 소셜미디어의 등장으로 말미암아 읽기와 쓰기의 연동 체제는 재발견되었다. 그리고 이런 행위는 자연스럽게 출판과도 연결되었다. 소셜미디어의 힘이 커지면서 지식이 보편화되면서 대중 필자의 시대가 도래했다. 이제 누구나 글쓰기를 잘해야만 생존할 수 있는 시대가 되었다. 게다가 오늘날은 초연결사회이다. 시간과 공간이 응축되면서 대인 접촉과 감정 공유가 증가하는 구조를 잘하면 정말 엄청난 일을 할 수 있다.

이번 공저자 중에는 혼자 책을 써도 될 만한 이들이 적지 않았다. 그들은 지금 하고 있는 일과는 상관없이 애초에 글을 써보려는 꿈을 가졌던 이들이다. 하지만 2퍼센트 부족한 삶을 살고 있었다. 그들이 이번의 공동 작업을 통해 글쓰기 실력을 키우는 한편 서로에 대한 애정을 느끼고 힐링을 받았다는 말은 시사하는 바가 크다.

우리는 '세월호 참사'로 세상을 떠난 아이들을 제대로 보내지 못했다. 그들의 죽음에 대한 진실을 억지로 덮으려 하는 사람들에게 무심코 동의한 사람도 적지 않을 것이다. 그러한 상처로 고통을 겪는 이들은 적지 않았을 것이다. 우리는 이 상처를 반드시 치유해야 한다. 치유는 혼자서 하는 것이 아니다. 각자가 자신의 이야기를 털어 놓고 서로 위로하고 보듬어야 제대로 치유하고 한 걸음 더 나아갈 수 있을 것이다. 그것이 이 책을 기획한 진정한 이유이다.

앞으로 나는 다른 주제로 '함께 쓰기'를 통해 책을 펴내는 기획을 이어갈 생각이다. 그것이 진정한 독서운동이자 삶의 운동이 될 것이라고 믿기 때문이다. 나의 제안에 하기 힘든 이야기를 진솔하게 써 준 모든 분들께 정말 고맙다는 말씀을 전한다.

2015년 5월

한기호

- 고민실

10년 동안 글쓰기는 무료함을 견디는 놀잇거리였다. 실직, 동생의 대출, 엄마의 암투병, 예기치 않은 고난이 해일처럼 밀어닥치자 비로소 글쓰기는 구원이 되었다. 그때 잃어버린 것들 중 되찾은 건 하나도 없지만, 대신 새로운 꿈을 찾아냈다. 평생 글을 쓰는 것이 꿈이다.

- 권인걸

책과 여행을 좋아하는 방랑자. 독서토론의 즐거움에 매료되어 숭례문학당에서 열리는 공독(共讀)의 현장에 참여하고 있다. 현재 콜라보서점 북티크에서 독서 관련 프로그램 기획 및 진행을 담당하고 있다. 저서로는 『전역한 다음날 집을 나갔다』가 있다.

- 김대선

충청도 산골에서 부모님을 도와 농촌을 지키며 사는 평범한 청년이다. 뒤늦게 책과 공부의 매력에 푹 빠져 늘 주경야독하는 마음을 잃지 않으며 살아가고 있다. 스스로의 배움을 주변 이웃들과 긍정적으로 나누며 보람 있게 살기를 바란다.

• 김민영

독서공동체 숭례문학당 학사. 방송작가, 영화평론가, 출판기자를 거쳐 (주)
행복한상상 이사로 합류한 뒤 신기수 당주와 학습공동체 숭례문학당을
열어 맹렬히 활동 중이다. 지은 책으로 『첫 문장의 두려움을 없애라』(청림
출판), 『지난 10년, 놓쳐서는 안될 아까운 책』(부키), 공저 『이젠, 함께 읽기
다』(북바이북)가 있고, 시인 이성복 대담집 『끝나지 않은 대화』(열화당)에
참여하였다.

• 김수환

8년 동안 잘할 수 있는 일을 찾다가 글쓰기를 만났다. 글을 쓰는 순간만
큼은 모든 걸 잊고 몰입하며 글쟁이로 살아가는 것을 꿈꾼다. 가장 좋아
하는 일본 작가 마루야마 겐지의 "어떤 경험이 어떤 식으로 도움이 되었
는지는 모른다. 그런 것이 인생의 재미다"라는 말을 좋아한다.

• 김은희

세 아이의 엄마이다. 숭례문학당에서 독서토론 리더과정을 마쳤다. 책 읽
고 글 쓰는 일로 많은 시간을 보내고 싶어 한다.

• 김주원

대학 병원 내과 전공의로 근무 중이다. 나라는 존재가 역사와 우주 속 한
점에 불과하다는 사실에 큰 위안을 받으며 하루하루 살아가고 있다. 이
글의 초고를 마쳤을 때 외할아버지는 돌아가셨지만 낮은 곳의 우리와도
늘 함께 있음을 믿어 의심치 않는다.

- 김지아

  현실과 꿈 사이에서 방황하던 직장인 파랑새증후군을 책과 글쓰기를 통해 극복하는 중이다. 삶의 방향을 찾기 위해 여전히 고군분투 중이지만 양서 속에 길이 있다고 믿고 있다. 평생 읽고, 쓰고, 공부하는 삶을 사는 것이 꿈이다.

- 김학수

  가치 있는 삶은 '일과 사랑, 나눔과 연대'의 네 축을 조화롭게 가져가는 것이라 믿는 40대 후반 직장인. 하고 싶은 일과 해야 하는 일의 간극을 줄이기 위해 뒤늦은 공부와 강의, 새로운 인연 만들기에 골몰하고 있다. 다락방이 있는 아파트를 꿈꾼다.

- 도선희

  공고 국어 선생으로 학교나 집이나 남자들뿐인 세상에 살면서도 남자의 세계를 이해하기 힘들다. 틈만 나면 책 읽고 공연 보는 것을 좋아하고 많이 벌어 많이 쓰는 것보다 적게 벌어 적게 쓰는 것이 더 낫다고 생각한다. 거의 채식으로 연명해 주위 사람들의 동정을 사고 있다.

- 명사은

  극심한 건망증의 소유자. 한때 방송작가를 업으로 삼았으나 회의를 느끼고 모대기업 홍보실에서 근무했으나 후회하고 현재는 놀고 있다. 쓰고 읽고 나누기 위해 즐기고 있는 자신을 찬찬히 살펴보고 있는 중이라 답은 없지만 길이 있는 지금을 좋아한다.

- **박은미**

  대기업 IT 연구소에서 연구원으로 일하고 있다. 육아와 일에만 매진하다가 책읽기와 글쓰기를 다시 시작하면서 인생의 새로운 전환점을 맞이하고 있다. 함께 읽고, 함께 쓰고, 사람들과 소통하면서 늦었지만 천천히 꿈을 찾아가는 중이다.

- **서미경**

  첫 직장인 병원에서 예기치 않은 죽음을 일찍 보았다. 직장 생활을 끝내며 이런 대면도 끝날 것이라 생각했으나 교통사고 이후 7개월간의 병원 신세로 예기치 않은 죽음을 경험했고 암 수술과 방사선 치료라는 힘든 시간을 보냈다. 지금은 지난 10년의 시간을 책과 글로 되돌아보고 있다.

- **신기수**

  숭례문학당 당주. 기업 홍보팀, IT벤처 기업을 거쳐 2006년 독서경영 교육 회사 (주)행복한상상을 만들었고, 2013년에는 학습놀이공동체 숭례문학당을 함께 열었다. 자기계발과 인문학, 재미와 의미 사이를 넘나들며 기업(교육)과 출판(콘텐츠)의 융합을 위해 '작당'하고 있다. 저서로 『이젠, 함께 읽기다』(북바이북)가 있다.

- **양종우**

  대학 졸업 전에 학원 사업을 시작했지만, 경영상의 어려움을 겪으면서 숭례문학당의 모임에 참여하게 되었다. 인문서를 읽으며 새로운 마음으로 다시 사업에 뛰어들었다. 책 읽고 글 쓰는 삶을 꿈꾼다.

- 어등경

  재즈적인 연주를 하는 피아니스트이자 교수이다. 음반을 준비하며 틈나는 대로 집 앞 도서관에 가서 일본 영화 DVD를 빌려 보는 일본 영화광이기도 하다. 드라마와 영화를 보면서 음악과 영상의 조화에 몰두하고 있으며, 장르를 넓혀 일본 소설에까지 도전하고 있다.

- 우정현

  30대 직장인으로 책 읽기보다 읽지 않고 쌓아 두기를 즐긴다. 안산에서 나고 자랐으나, 안산이 아닌 다른 곳에 더 관심이 많았다. 세월호 참사를 겪고, 비로소 딛고 선 땅의 위치를 깨달았다. 세월호 사건 이후 항상 갖고 있던 미안한 마음을 이 글에 조금이나마 풀어놓는다.

- 윤석윤

  '나는 학생이다'라는 신조를 가진 평생학습자. 대학에서 기관학과 영어를, 대학원에서 교육학과 경영학을 전공했다. 수산회사, 무역회사, 엔지니어링 회사, 교육회사 등에서 다양한 경력을 쌓은 후 인생 중반에 강사로 변신했다. 한겨레교육문화센터와 종로여성인력개발센터에서 글쓰기, 교육청과 도서관에서 독서토론, 대학에서 독서토론과 글쓰기를 가르치고 있다.

- 윤영선

  32년간 연구원으로 직장 생활을 하다가 2015년 1월 정년퇴직했다. 60세가 되어 비로소 원하는 삶을 추구할 자유를 얻었다. 인생 2막에서는 책을 동반자 삼아 공부하며 성장하는 즐거움을 마음껏 누리고자 한다.

- 이두리

  강원도 태백에서 태어나 부산에서 자랐다. 법학을 전공하고 기업 법무팀
  에서 일하고 있다. 책과 도서관을 좋아한다. 다양한 글을 쓰며 살아가고
  싶어 한다.

- 이원형

  대학에서 건축을 전공하고 설계사무실에서 일하다 최근 독립했다. 대중과
  소통하는 건축을 지향한다. 숭례문학당의 공부 모임에서 독서토론과 글
  쓰기 내공을 쌓고 있다. 네이버 '오늘의 책' 선정단 건축/도시 책 전문 서
  평가로 활동 중이며 한겨레교육문화센터에서 '건축글쓰기' 강좌를 맡고
  있다.

- 이인자

  혼자 읽기, 혼자 놀기, 혼자 영화보기, 혼자 여행하기 등을 즐기다가 50대
  에 숭례문학당을 만나 함께 하기의 즐거움을 깨달았다. 충북 제천에서 서
  울을 오가며 배우는 중이고 지방에 독서토론 바람을 일으키길 바라는 활
  동가이다.

- 이임정

  석사과정 중 독서를 공부했고 졸업 후 함께 책 읽는 공동체를 통해 좋아
  하는 것과 나아가야 할 방향을 찾았다. 현재 대학원에서 열심히 공부하는
  학생으로, 사회에서 아이들과 청소년, 성인을 만나 영화토론과 독서토론
  을 가르치는 활동가로 살고 있다.

- **이진희**

  학교, 도서관, 문화센터 등에서 독서토론을 이끌고 있다. 책을 통해 행복한 하루를 보내며 삶이 성장하길 꿈꾼다. 낮에는 이웃과 함께 읽고, 밤에는 홀로 읽는다. 현재 숭례문학당 강사로 노년독서토론을 진행하고 있다.

- **임경희**

  나이를 가리지 않고 누구에게나 그림책 읽어 주는 것을 좋아하는 초등학교 교사이다. 다시 태어나도 초등학교 교사가 되고 싶어 하고 '그림책학교'를 만드는 것을 꿈꾼다. 버나드 와버의 『용기』라는 그림책을 제일 좋아한다.

- **장인선**

  오랜 기간 아이들과 함께 책을 읽고 대화를 나누었다. 사람들과 함께 책을 읽고 나누는 삶을 꿈꾸며 오늘도 부지런히 읽고 배우고 있다.

- **장정윤**

  금융회사를 그만두고, 인생 2막을 책과 함께 살고 있다. 혼자 읽고 만족하던 책읽기와 글쓰기에서 탈출해 함께 읽고 쓰는 광장 독서의 세계로 진출했다. 대학원에서 독서학을 공부하며, 독서토론과 글쓰기를 가르치는 독서활동가로 살고 있다.

• 최동영

실내 건축을 하며 젊음을 고된 업무와 바꾸며 살아왔다. 가족과 건강을
돌볼 겨를 없이 앞만 보고 달려오다가 '추간판 탈출증'으로 입원 중에 자
연스럽게 책을 읽게 되었다. 숭례문학당에 참여하면서 책을 잘 읽는 독서
가를 꿈꾼다. 책을 통해 새로운 인생길을 개척해 나가는 중이다.

• 최병일

연수원에서 기업체교육과 대학에서 경영학을 가르치며 지내다가 문득 글
을 쓰고 싶다는 생각으로 사회교육 업체의 문을 두드렸다. 재야의 프로들
을 만나 그동안 해왔던 책읽기의 문제점을 파악하고 한동안 낙담하다 해
결책으로 함께 읽기, 함께 토론하기, 함께 쓰기에 동참했다.

• 한준

직장을 그만두고 현재 독서토론과 스페인어 강사로 활동하고 있다. 책을
읽으면서 가족과 타인을 이해하고 철이 드는 중이다. 평생 도전하며 열정
적으로 사는 것이 행복이라고 믿으며, 다양한 경험을 바탕으로 솔직하고
대중이 공감하는 글을 쓰고자 한다.

• 한창욱

35세의 영화애호가이다. 영화학도에서 영화 노동자, 외국계 금융회사 직
원을 거쳐 현재 숭례문학당에서 '영화토론입문'과 '영화리뷰쓰기' 강좌를
진행하고 있다. 대학원에서 영상이론도 공부하고 있다. 혼자 영화를 즐기
다 이제는 사람들과 함께 보고, 쓰고, 토론하려 한다.

- 허영택

  대학 때 노래패와 인연을 맺은 뒤 줄곧 노래하는 삶을 살아왔다. 포크락
  밴드 '카운티', 남성중창모임 '중년시대'에서 활동했으며 인터넷라디오
  'radio21'에서 '허영택의 깊은 밤을 날아서'를 진행했다. 독서교육회사 '행
  복한상상'에서 기획하는 북콘서트의 북뮤지션으로도 활동하고 있으며,
  첫 정규음반을 준비 중이다.

- 황지선

  도서관에 가고 책 읽는 것을 삶의 낙으로 생각하는 평범한 20대 후반의
  직장인이다. 미국 작가 존 그린의 글에서 청소년 시절의 기억과 자살 세계
  1위 대한민국의 모습을 고민하며 이 글을 썼다.

당신은 가고 나는 여기

1판 1쇄 인쇄 2015년 5월 15일
1판 1쇄 발행 2015년 5월 25일

지은이   윤영선 외 32명

펴낸이   한기호
책임편집   오선이
펴낸곳   어른의시간
출판등록   제2014-000331호(2014년 12월 11일)
주소   121-839 서울시 마포구 동교로 12안길 14(서교동) 삼성빌딩 A동 2층
전화   02-336-5675
팩스   02-337-5347
이메일   kpm@kpm21.co.kr
홈페이지   kpm@kpm21.co.kr
페이스북   www.facebook.com/seniortime2015
인쇄   예림인쇄 전화 031-901-6495 팩스 031-901-6479
총판   송인서적 전화 031-950-0900 팩스 031-950-0955

ISBN 979-11-954453-2-5 03810

이 도서의 국립중앙도서관 출판예정도서목록(CIP)은 서지정보유통지원시스템 홈페이지(http://seoji.nl.go.kr)와 국가자료
공동목록시스템(http://www.nl.go.kr/kolisnet)에서 이용하실 수 있습니다.(CIP제어번호: CIP2015012859)

어른의시간은 한국출판마케팅연구소의 임프린트입니다.
책값은 뒤표지에 있습니다.